하이스쿨 DxD
전생 천사에게 러브송을
DX.1

1

이시부미 이치에이 지음
미야마 제로 일러스트
이승원 옮김

NOVEL ENGINE

목 차

표지 · 본문 일러스트
미야마 제로

——시매부와 온천에서 스킨십을 나누고 있다면 어쩔 건가요?

Life. 1 애브덕션 ERO!

내 이름은 키바 유우토. 쿠오우 학원에 다니는 고교 2학년 남학생이다.

평소 같으면 이 이야기의 주역인 효도 잇세이 군이 이야기를 진행하겠지만……. 피치 못할 사정이 있어서 이번에는 내가 대신 이야기를 진행하게 되었다.

그 피치 못할 사정이란——.

"젖가슴 같은 저속한 말을 입에 담지 마세요!"

……잇세 군의 뇌가 심각하게 병들고 만 것이다…….

그 일은 어느 날의 방과 후에 일어났다. 오컬트 연구부에 속한 나와 내 동료들은 방과 후에 구교사에 있는 부실에 모여 이런저런 이야기를 나누고 있었다.

다른 학생들에게는 비밀이지만, 우리는 진짜 악마다. 그리고 우리의 주인이자 오컬트 연구부의 부장이기도 한 적발의 여자 선배—— 리아스 그레모리 부장님의 곁에 모여 앞으로의 예정에 대해 이야기하고 있었다.

"아무튼 지난달에 비해 계약 비율이 약간 낮아. 특히 중장년층과의 계약이 적으니까 특별히 신경 써줘."

부장님은 자료에 적힌 데이터를 읽으면서 말했다.

바로 그때, 1학년인 여자 후배—— 토죠 코네코가 손을 들었다.

"……텔레비전에서 봤는데, 어떤 전자제품 판매점은 지역 밀착형 경영을 통해 중장년층 손님과 친분을 쌓은 덕분에 다른 판매점에 비해 할인율이 낮은데도 상품이 잘 팔린다고 해요. 그뿐만 아니라 점포수를 늘리는 데도 성공했대요."

"즉 인간과의 신뢰관계 구축이 중요하다는 거군요. 악마 영업을 하다 보면 그런 기본적인 부분을 망각하기 쉽죠."

코네코의 말을 들은 흑발 포니테일의 여자 선배—— 히메지마 아케노 부부장님이 말을 이었다.

악마 영업이란 인간의 소원을 들어주는 대신 그에 걸맞은 대가를 받는 것을 말한다. 요즘 들어서는 목숨으로 그 대가를 치르는 사람은 거의 없지만, 그래도 어느 시대에나 욕망을 지닌 인간은 존재했다. 그 덕분에 우리 악마도 이 일을 계속할 수 있는 것이다.

우리 같은 젊은 악마는 때때로 이렇게 의견을 내놓으면서 실적을 조금이라도 더 높일 방법을 모색하고 있었다.

"인간들과 친분을 쌓을 수 있을지 걱정이에요……."

겉모습만 보면 영락없는 미소녀인 여장 애호가 남자 후배—— 개스퍼 군은 약간 불안한 표정을 지었다. 모르는 사람과의 커뮤니케이션이 서툰 그에게는 약간 허들이 높은 일인 것 같았다.

나는 문득 시계를 향해 고개를 돌렸다. 부장님도 나와 같은 생각을 하고 있는지 손목시계의 바늘을 굳은 표정으로 바라보고 있었다.

"……늦네. 잇세는 대체 어디서 뭘 하고 있는 거지?"

부장님은 탄식을 터뜨리며 중얼거렸다.

그렇다. 잇세 군을 비롯해 그와 같은 반인 아시아 양, 제노비아, 이리나 양이 아직 이곳에 오지 않았다. 나와 그들은 같은 학년이지만, 우리 반은 이미 수업을 끝마쳤다. 그들의 반만 수업이 이렇게 길어질 리가 없는데…….

바로 그때, 복도 쪽에서 건물 전체를 뒤흔들 듯한 발소리와 엄청난 속도로 가까워지고 있는 기척이 느껴졌다. 누군가가 이쪽을 향해 뛰어오고 있는 게 틀림없었다.

쾅!

문이 힘차게 열리더니, 세 소녀가 새파랗게 질린 얼굴로 부실 안으로 들어왔다.

금색 머리카락을 지닌 소녀—— 아시아 양, 머리카락의 일부만 녹색으로 물들인 소녀—— 제노비아, 트윈 테일 모양으로 머리카락을 묶은 소녀—— 이리나 양. 아시아 양과 제노비아는 우리와 마찬가지로 악마이며, 이리나 양은 천사다. 진짜예요, 여러분.

세 사람은 당황한 것 같았다. 무, 무슨 일이지? 그러고 보니 잇세 군이 보이지 않았다. 평소 같으면 네 명이 함께 부실에 왔을 텐데…….

"리, 리, 리, 리아스 언니! 큰일 났어요!"

아시아 양은 눈물이 가득 맺힌 눈으로 부장님을 바라보며 그렇게 외쳤다. 그런 아시아 양의 모습을 보고 무슨 일이 터졌다는 것을 눈치챈 부장님이 그녀들에게 다가갔다.

"진정하렴, 아시아. 무슨 일이니? 잇세는 어디 있어?"

부장님의 말을 들은 제노비아는 눈을 감더니 천장을 올려다보면서 손가락으로 복도를 가리켰다.

"……잇세가 이상해졌어."

제노비아는 쥐어짜내는 듯한 목소리로 말했다. 이상해졌다? 그게 무슨 소리지?

이리나 양은 기도하는 듯한 포즈를 취한 채 창가로 가더니, 열심히 기도를 올리기 시작했다.

부장님이 복도 쪽을 쳐다본 순간, 한 남자애가 부실 안으로 들어왔다. ──효도 잇세이 군이었다.

……잇세 군에게 무슨 일이 있었던 걸까? 겉보기에는 아무렇지도 않아 보이는데…….

효도 잇세이 군. 나의 동료이자, 나의 유일한 친구. 열혈남아이며, 그 어떤 일에도 정정당당하게 임하는 타입이다. 특징은…… 엄청 밝힌다는 점이다. 항상 엉큼한 생각만 하며, 여자 부원을 볼 때 반드시 가슴부터 쳐다볼 정도로 여성의 가슴을 좋아했다.

그의 꿈은 악마로서 성공해서 상급 악마가 된 후, 하렘을 만드는 것이다. 정말 욕망에 충실하며, 그 누구보다도 여자애를 좋아한다.

그런 잇세 군은 상큼하기 그지없는 미소를 지으며 말했다.

"부장님, 저는 아무렇지도 않아요."

…………

……응? 어, 어라? 잇세 군이 방금 자기를 「저」라고 낮춰 부른 것 같은데…… 이, 이상하네. 내 귀가 잘못됐나? 바, 방금 분명 「저」라고…….

부장님도 잇세 군이 이상하다는 사실을 눈치챘는지 잇세 군의 시선이 어디를 향하고 있는지 확인했다.

그리고 한 손으로 입을 막으면서 말했다.

"──잇세가 내 가슴을 쳐다보지 않아!"

"""──예?!"""

그 말을 들은 순간, 나를 비롯해 아케노 선배님, 코네코, 개스퍼 군이 경악했다.

……마, 말도 안 돼…….

잇세 군에게 있어 부장님의 가슴은 그 무엇과도 바꿀 수 없는 소중한 것이다……. 그렇기에 언제나 그의 시선은 그곳을 향했다. 잇세 군 본인도 구구절절한 목소리로 이런 소리를 할 정도다.

──내 말 좀 들어 봐, 키바. 부장님의 가슴은 나라는 존재의 시작이자, 돌아가야만 하는 장소야. 몇 번을 봐도 질리지 않는다고. 너는 알아? 부장님의 두 젖꼭지는 감촉이 다르다고.

저녁노을이 드리워진 분위기 있는 공원에서 단둘이서 서로의 꿈에 대해 이야기할 때, 잇세 군은 그렇게 말했다. 확 따귀를 날려줄까 하고 생각했다. 따귀를 맞아도 군말 못할 것 같은 분위기였다.

하지만 그는 멋진 미소를 짓고 있었다. 그가 지은 미소는 그야 말로 찬란히 빛나고 있었다. 그는 언제나, 부장님의 가슴을 생각하고 있었다. 꿈에 대해 이야기할 때도 그는 시종일관 가슴 이야기만 해댈 정도로 말이다——.

아케노 선배님이 잇세 군에게 다가가 그의 손을 잡더니——, 그대로 자신의 가슴에 댔다.

그러자——.

"뭐, 뭐 하는 거예요?! 파렴치한 짓 좀 하지 마세요!"

잇세 군은 부리나케 가슴에서 손을 떼더니, 당혹스러운 표정을 지었다!

말도 안 돼! 어떻게 이런 일이 일어날 수가 있지?!

——잇세 군이 여성의 가슴을 만지고 당혹스러워하다니, 있을 수 없는 일이야!

잇세 군은 아케노 선배님의 풍만한 가슴도 신앙의 대상으로 삼고 있었다. 신이라고 불렀을 정도다! 때로는 두 손을 모으며 "감사합니다, 감사합니다." 하고 중얼거렸단 말이다! 체육복을 입고 운동을 하는 아케노 선배님의 출렁거리는 가슴을 봤을 때는 눈물을 흘리며 오체투지마저 했다! 아케노 선배님의 가슴이 흔들릴 때마다 전력으로 반응했었는데!

미합중국 애리조나 주 북부에 있는 협곡—— 그랜드캐니언에 필적하는 계곡은 부장님의 가슴과 아케노 선배님의 가슴뿐이라고 뜨거운 목소리로 말했었는데!

아케노 선배님은 잇세 군의 반응을 보고 놀랐는지 온몸을 부들부들 떨고 있었다.

"⋯⋯거, 거짓말. 잇세 군이 내 젖가슴에서 손을 떼다니⋯⋯."

아케노 선배님은 엄청난 충격을 받았는지 걸음마저 흐트러지고 말았다.

그 모습을 본 잇세 군은 얼굴을 새빨갛게 붉히면서 외쳤다.

"여성이 『젖가슴』 같은 저속한 말을 입에 담지 마세요!"

──윽.

나는 볼을 타고 흐르는 눈물을 참을 수가 없었다.

안녕하십니까, 여러분. 잇세 군이 병에 걸리고 말았습니다.

그것도 엄청 심각한 병이에요⋯⋯.

─○ ● ○─

"무슨 일이 있었는지 설명해줘."

부장님은 아시아 양, 제노비아, 이리나 양을 소파에 앉힌 후 물었다.

아케노 선배님이 타준 홍차를 마시며 마음을 가라앉힌 세 사람은 손수건을 눈물로 적시면서 이야기했다.

그것은 수업이 끝난 후에 벌어진 일이었다. 넷이서 부실이 있는 구교사로 향하고 있을 때──.

"앗, UFO다!"

잇세 군이 하늘에 떠 있는 정체불명의 비행물체를 발견했다.

그것을 발견한 다른 이들도 불가사의하다는 듯이 그것을 쳐다보았다. 바로 그때——.

"그 미확인 비행물체가 잇세 군에게 다가오더니, 정체불명의 빔을 쐈어요. 그리고 그 빔을 맞고 통구이가 되어버린 잇세 군을 아시아 양이 회복 능력으로 치유하자——."

『잇세 씨, 괜찮아요?』
『……응. 나는 괜찮아. 아시아 양. 오늘도 세계는 평화롭네. 지구에 사는 모든 이들이 더욱 행복해졌으면 좋겠어. 후후후.』
←상쾌한 미소와 맑은 눈동자를 장착한 상태에서 그렇게 말함.
『……이, 잇세 씨?』

"여자애에게 전혀 관심을 보이지 않게 되어버렸어요……. 참고로 UFO의 형태는 아담스키 타입이었어요……."
이리나 양은 눈가에 맺힌 눈물을 닦으면서 설명했다.
——맙소사. 큰일이야.
뭐부터 딴죽을 걸어야 할지 모르겠어!
그리고 뭐? UFO? UFO가 쏜 빔에 맞았다고?! 뭐, 악마와 천사도 존재하니, 우, 우주인 같은 게 존재해도 이상할 것은 없지만……. 그렇다고 해도 골치 아픈 상황이네. 우리는 오컬트 연구부니 UFO와 조우한 것을 기뻐해야 할지도 몰라. 하지만, 그래도 이건 너무 뜻밖의 사건이라고.
잇세 군, 네가 이상한 일에 잘 휘말리는 타입인 건 알고 있었지만, 설마 우주인에게 공격을 받을 줄은 꿈에도 몰랐어…….

이 부실 안에 있는 모든 이들의 시선이 구석에 앉아 있는 잇세 군을 향했다.

잇세 군은 맑은 눈동자로── 세계를 구하는 천 가지 목표라는 것을 노트에 적고 있었다.

코네코가 그에게 다가가서 물었다.

"……뭘 쓰고 있는 거예요?"

"아! 코네코! 나는 지금 이 세상 사람들이 행복해질 방법을 정리하고 있는 중이야! 코네코도 어때? 우리 함께 맑고 깨끗한 세계를──."

퍼억! 우지직!

코네코는 잇세 군이 말을 끝까지 잇기도 전에 인정사정 봐주지 않고 펀치를 날렸다. 잇세 군의 머리에서 난 소리로 볼 때, 주먹에 회전을 가미해 위력을 증가시킨 게 틀림없었다.

잇세 군은 코피를 흘리면서도 여전히 미소를 짓고 있었다.

"좋은 펀치야! 하지만 좀 아프네!"

"……머리를 때리면 나을 줄 알았는데……. 잇세 선배. 부장님의 가슴과 아케노 씨의 가슴 중, 어느 쪽이 더 좋아요?"

"무, 무슨 소리를 하는 거야?! 코네코 같은 가련한 여성이 그런 파렴치한 말을 입에 담아선──."

콰직! 우지끈!

코네코는 이번에도 잇세 군이 말을 끝까지 잇기 전에 그의 안면에 주먹을 해머처럼 꽂았다. 그리고 그의 안면에 주먹을 꽂은 채 더욱 안쪽으로 밀어 넣었다.

"……잇세 군은 그런 말을 하지 않아요."

"코, 코네코! 그, 그만해! 여자애가 남자 위에 올라타면 안 된
———."

퍽퍽! 쾅쾅!

"……잇세 선배는 그런 말을 하지 않아요."

"아, 알았어! 내가 네 연습 상대가 되어줄게! 그리고 언젠가,
사상 최초의 여성 종합격투기 챔피언이 되는 거야! 거기서부터
시작되는 평화도———."

투캉! 콰지직!

이제 뭐가 부서지는 소리인지 짐작조차 되지 않았다. 그런데
도 코네코는 잇세 군을 치료하려 했다. ———주먹으로 말이다.

나는 마운트 포지션을 취한 채 잇세 군을 구타하고 있는 코네
코에게 말했다.

"저기, 코네코. 잇세 군이 평범해졌다고 생각할 수 있지 않
아? 코네코는 잇세 군이 밝히는 걸 싫어했지? 그가 조금만 덜
밝히게 되었으면 좋겠다고 항상 말했었잖아."

그렇다. 코네코는 잇세 군이 엉큼한 짓을 할 때마다 매번 딴죽
을 날렸다.

"……잇세 선배, 엉큼한 짓도 적당히 하세요."

……같은 말을 자주 입에 담았던 것이다.

지금 이 상황은 코네코에게 있어서는 바라 마지않던 일 아닐
까? 나는 문득 그런 생각이 들었다.

하지만 코네코는 눈물을 글썽이면서 말했다.

"……저한테까지 흥미가 없는 건…… 싫어요."

──윽.

그래. 사랑에 빠진 여성으로서 여러모로 심경이 복잡한 것 같네.

"부장님과 아케노 선배님은 지금 상태의 잇세 군을 어떻게 생각하나요?"

내 질문을 들은 두 사람은 서로를 쳐다보았다.

"조금만 더 성실해졌으면 좋겠다고 전부터 생각했고, 예전보다 더 신사적인 애가 됐지만……."

"지금도 사랑스럽기는 하지만…… 조금 아쉽다고나할까……."

"역시 전심전력을 다해 우리를 한 사람의 여성으로 쳐다봐주는 잇세가 더 매력적이야."

"예. 그래야 여성스러움을 갈고닦는 보람도 있을 테니까요."

""그렇지~?""

잇세 군을 두고 항상 싸워대던 저 두 사람도 이럴 때는 의견이 일치했다.

"지금의 잇세는 재미없어."

"엉큼하지 않은 잇세 군은 뭐랄까, 장어와 밥이 들어가지 않은 장어 덮밥 같아."

제노비아는 탄식을 했고, 이리나 양은 이상한 예를 들었다.

"잇세 씨는 잇세 씨예요. 설령 평생 이 상태로 있게 되더라도 저는 잇세 씨의 곁에 있을 거예요. 그래도 굳이 따지자면 예전 잇세 씨가 저는 더 좋아요."

잇세 군을 깊이 신뢰하는 아시아 양도 원래대로 돌아오기를 바라는 것 같았다.

그를 사랑하는 여성들의 의견은 전부 일치했다. 하지만 어떻게 해야 원래대로 돌아올까…….

일단 그 UFO라는 것을 잡는 게 가장 좋을 것 같은데…….

"자아, 전원의 의견이 일치하는 것 같군요. 그럼 이제 어떻게 하죠?"

나는 다른 이들에게 의견을 구했다.

"어쩔 수 없지. 내가 이 사태의 원흉인 UFO를 잡아 오겠어."

제노비아는 부실에 있던 벌레채집용 망과 장검을 쥐었다. 그, 그 장비로 하늘을 나는 UFO를 잡을 생각인 걸까……. 그래도 제노비아라면 어떻게든 해낼 것 같은 느낌이 들었다.

"우, 우주인을 포획할 수 있을까……?"

"걱정하지 마, 키바. 나는 전부터 생각했어. 우리가 우주인보다 더 대단한 존재가 아닐까?——하고 말이야."

제노비아는 진지한 표정을 지으면서 그렇게 말했다.

그, 그야 그럴지도 몰라……. 악마, 천사, 요괴, 뱀파이어 등, 우리의 존재는 그야말로 판타지 그 자체다. 그렇게 생각하면 우주인이 있어도 딱히 이상하지는 않을 것 같다는 생각이 들었다.

하지만 제노비아. 우주인과 우리는 장르가 좀 다르지 않을까?

"좋아! 개스퍼, 가자!"

개스퍼 군은 제노비아의 말을 듣고 눈이 튀어나올 만큼 놀랐다. 아마 자신이 지명당할 거라고는 꿈에도 생각하지 못한 것이리라.

"제, 제, 제, 제, 제, 제, 제가 왜 우주인 포획에 필요한 건데요 오오오오오옷?!"

제노비아는 개스퍼 군을 놓치지 않겠다는 듯이 재빨리 밧줄로 꽁꽁 묶으면서 말했다.

"네 눈은 상대의 시간을 정지시키잖아. 하늘을 날아다니는 UFO를 네가 움직이지 못하게 하는 거야."

오호라. 개스퍼 군은 시야에 들어온 것의 시간을 정지시키는 능력을 지녔다. 그것을 이용해 비행물체를 정지시키려는 것이다. 하지만 UFO는 꽤 재빠를 것 같은데? 과연 제노비아의 뜻대로 될까…….

제노비아는 밧줄에 묶인 개스퍼 군을 어깨에 짊어진 후, 이리나 양에게도 말을 걸었다.

"이리나! 너도 같이 가자! 함께 우주인이라는 이름의 이교도를 탄압하자구!"

이리나 양은 그 말을 듣고 힘차게 고개를 끄덕였다. ……아니, 우주인을 이교도 치부하면서 탄압하는 건 좀…….

"응! 좋아! 우리는 침략자에게 굴할 수 없어! 주님을 위해, 미카엘 님을 위해! 우주인을 없애고 말겠어!"

이리나 양, 여행을 떠나기도 전부터 목적을 망각한 것 같네.

기합이 잔뜩 들어간 듯한 제노비아와 이리나 양은 개스퍼 군을 짊어지고 힘차게 부실 밖으로 나갔다.

후후후, 혹성 간의 교류 같은 건 힘들 것 같네……. 나는 그저 헛웃음을 흘릴 수밖에 없었다.

바로 그때, 부장님이 얼굴이 엉망진창이 된 채 코네코에게서 해방된 잇세 군의 머리를 쓰다듬어줬다.

"자아, UFO 쪽은 저 애들에게 맡기기로 하고, 우리는 우리 나름대로 잇세를 원래대로 되돌릴 방법을 찾아보자."

이렇게, 우리는 잇세 군 회복 작전을 실행에 옮겼다.

잇세 군 회복 작전
$α$ ^{알파} 플랜 「풀 아머 아시아」

"그럼, 아시아. 일단 회복의 힘을 잇세의 머리에 대보렴."

"예."

부장의 지시를 들은 아시아 양이 대답했다.

잇세 군을 원래대로 되돌리기 위한 작전이 시작되었다. 우선 회복 능력을 지닌 아시아 양의 힘으로 잇세 군을 치료해보기로 했다.

——단, 아시아 양이 학교 수영복과 오버 니삭스를 착용하고 말이다.

게다가 아시아 양은 머리에 고양이 귀를, 그리고 엉덩이에 꼬리를 달고 있었다. 목에는 방울이 달린 목걸이를 차고 있었다. 가슴에 달린 이름표에는 「아시아」라고 손글씨로 적혀 있었다.

고양이 귀 학교 수영복 모드라는 것 같았다. 풀 장비라고 할 수 있으리라. 부장님도 아시아 양을 「풀 아머 아시아」라고 부르면서 고개를 끄덕였다. 평소의 잇세 군이라면 눈물을 흘리면서…….

"아시아! 끝내줘!"

하고 외쳤으리라. 하지만——. 잇세 군은 야한 복장을 한 아시아에게 전혀 반응을 보이지 않았다.

오히려 존재 그 자체를 인정하지 않는 것처럼도 보였다.

"잇세 씨……. 원래대로 돌아와 주세요."

아시아 양이 잇세 군의 머리를 향해 손을 뻗자, 그녀의 손에 옅은 녹색을 띤 빛이 맺혔다. 빛이 잇세 군을 감싸자, 그의 안면에 생긴 혹이 점점 가라앉았다.

"고마워, 아시아 양. 덕분에 아픔이 가셨어."

잇세 군은 미소를 지었다. 하지만 아시아 양의 얼굴에는 슬픔이 어렸다. 평소의 잇세 군이라면 애정이 담긴 목소리로 "아시아." 하고 불렀을 테니 그럴 만도 했다. 그가 이름 뒤에 "양."이라는 호칭을 붙인 것 때문에 저렇게 슬퍼하는 것이리라.

하지만 아시아 양은 눈물을 닦더니 양손을 고양이처럼 접으면서 그 자리에서 몸을 회전시킨 후 귀여운 포즈를 취했다. 목걸이에 달린 방울이 딸랑딸랑하고 울렸다.

"치료라면 아시아에게 맡겨줘냥☆"

윙크를 날리면서 고개를 기울인 아시아 양은 귀여운 목소리로 잇세 군에게 그렇게 말했지만, 그는…….

"응!"

……하고 짤막하게 말했다.

그 말을 들은 아시아 양은 온몸을 부들부들 떨면서 부장님의 가슴에 뛰어들었다.

"리아스 언니! 저는 무리예요! 으으으, 어차피 저는 코네코 양처럼 고양이 귀와 꼬리를 귀엽게 활용할 수가 없다고요!"

엉엉 우는 아시아 양의 옆에 선 코네코는 고양이 귀와 꼬리를 흔들었다. 그녀의 정체는 네코마타다. 아시아 양의 액세서리와 달리 진짜 고양이 귀와 꼬리다.

부장님은 엉엉 우는 아시아 양의 머리를 쓰다듬으며 위로했다.

"아냐, 아시아. 정말 귀여웠으니까 상심하지 마. 그리고 뒷일은 우리에게 맡기렴."

이렇게 첫 번째 작전은 전혀 효과가 없었다.

잇세 군 회복작전

β 플랜 「선술(仙術) 쓰는 네코마타 양」

베타

"……그럼 머리 쪽에 흐르는 기의 흐름을 좋게 해볼게요."

코네코 양은 잇세 군의 머리에 손을 얹더니 눈을 감고 집중하기 시작했다. 그러자 그녀의 손에 「기」가 모이기 시작했다.

코네코 양의 일족은 선술이라는 이름의 기를 다루는 술법을 쓸 수 있다. 코네코 양은 그 선술로 잇세 군의 흐트러진 기를 원래대로 고치려는 것이다.

"코네코가 기를 조작하는 동안, 잇세가 소중히 간직해온 각종 음란서적을 보여주도록 하자."

부장님은 부실에 숨겨둔 잇세 군 전용 음란서적을 꺼내더니, 펼쳐서 그에게 보여주었다. ……저기, 부장님과 아케노 선배님이 너무 쉽게 음란서적을 찾아낸 것 같은데……. 이미 그걸 숨겨둔 장소를 알고 있었던 거군요. 역시 양대 언니라 불리는 분들 다워요……. 잇세 군. 네가 이곳에 숨겨둔 소중한 책은 이미 저 두 사람에게 파악당했어.

"윽! 그, 그만하세요! 그, 그런 외설적인 책, 보고 싶지 않아요……!"

"무슨 소리를 하는 거니. 네가 평소에 즐겨 보던 책이잖아?"

"잇세 군. 이건 당신에게 있어 성서예요. 이걸 읽었기 때문에, 잇세 군은 잇세 군으로서 살아올 수 있었던 거예요. 자아, 야한 코스프레 의상을 입은 언니가 실린 이 페이지를 응시해보세요."

부장님과 아케노 선배님이 잇세 군을 의자에 묶더니, 두 눈에 테이프를 붙여서 감지 못하게 했다. 그 상태에서 야한 책을 강제로 보게 한 것이다.

머리 쪽에 흐르는 기의 흐름을 고치면서, 그가 보물처럼 여기던 책을 보여준다. 이 두 작전이 시너지 효과를 일으켜 그를 회복시키지 않을까 하고 생각했지만……. 코네코는 선술을 중단하더니 고개를 저었다.

"……무리예요. 기 자체는 흐트러지지 않았거든요. 정확하게 말하자면 정상이에요. 오히려 그 책을 보고 기가 흐트러졌어요."

그 보고를 들은 부장님은 턱에 손을 댔다.

"즉, 신체적으로는 이상한 곳이 없다는 거네……. 더 골치 아픈 걸. 대체 UFO한테 무슨 짓을 당한 걸까……."

정말 무슨 짓을 당한 거야, 잇세 군…….

"어머어머. 이 의상 정말 엄청나네요. 제가 입고 잇세 군에게 보여주면 기뻐하겠죠?"

아케노 선배님이 엉큼한 책을 읽으면서 볼을 붉혔다. 그 말을 들은 부장님도 아케노 선배님이 읽고 있는 책을 옆에서 쳐다보았다.

"……흐음, 이거라면 나한테 더 어울릴 것 같네. 다리를 강조하고 있는 점이 꼭 나를 위한 의상인 것 같지 않아?"

"마치 제 각선미가 부장님에게 뒤진다는 듯한 말이네요."

"다리 라인에는 자신이 있어. 잇세도 칭찬해줬단 말이야. 허벅지와 종아리의 절묘한 밸런스가 정말 끝내준대."

부장님은 자신의 다리를 쓰다듬으면서 아케노 선배님에게 과시했다. 아케노 선배님은 싱글벙글 페이스를 지은 채 한쪽 눈을 살짝 치켜떴다.

"어머, 그렇게 따지자면 잇세 군은 얼마 전에 제 날씬한 허리를 칭찬해줬어요. 가슴에서 엉덩이로 이어지는 라인이 이상적이라고도 말했죠."

이번에는 아케노 선배님이 가슴과 허리 언저리를 관능적인 손길로 쓰다듬었다. 그 모습을 본 부장님의 눈가가 부들부들 떨리기 시작했다.

"……내가 너보다 뚱뚱하다는 거야?!"

"그건 내가 할 말이야! 잇세 군은 내 몸에 푹 빠졌단 말이야!"

"아냐, 내 몸을 더 좋아해!"

"리아스는 바보!"

"아케노는 얼간이!"

……아아, 잇세 군의 치료는 안중에도 없다는 듯이 두 사람이 말다툼을 벌이기 시작했다. 이렇게 되면 한동안은 계속 말다툼

을 벌일 것이다.

코네코와 나는 한숨을 내쉴 수밖에 없었다.

잇세 군 회복작전
감마
γ 플랜 「스위치의 너머에」

"리아스의 젖꼭지를 누르게 해보죠."

마음을 진정시킨 아케노 선배님이 다음 작전을 당당하게 제안했다. 그래도 느닷없이 「젖꼭지」라는 단어를 쓰는 건 좀…….

"일전에 전설의 드래곤—— 적룡제의 힘에 의해 폭주한 잇세 군은 리아스의 가슴을 만지고 원래대로 돌아왔어요."

그렇다. 잇세 군은 얼마 전에 벌어진 사건 때, 자신의 몸에 깃든 적룡제—— 웰시 드래곤의 힘을 폭주시키고 말았다. 패룡(覇龍)——『저거노트 드라이브』라 불리는 현상은 주위 일대를 날려버릴 뿐만 아니라, 강대한 적조차 손쉽게 해치워버렸다.

하지만 적을 쓰러뜨린 후에도 그는 폭주를 멈추지 않았다. 최종적으로는 부장님의 가슴을 만지게 해서 그가 제정신을 차리게 했다. 「찌찌 드래곤」이라 불리는 엉큼한 잇세 군이었기에 그것이 가능했던 것이리라. 그는 부장님을 경애하고 있다. 사랑하는 여성의 가슴을 만진다는 행위는 그에게 있어 그 무엇보다도 엄청난 일인 것이리라.

"이 사태도 리아스의 가슴을 만지면 해결될지도 몰라요."

그런 일이 있었기 때문에, 아케노 선배님은 이 작전을 제시한 것이리라.

부장님은 아케노 선배님의 의견을 듣고 얼굴을 새빨갛게 붉혔다.

"내, 내 가슴……. 또, 이런 데 쓰이는 거구나……. 상대가 잇세니까 그나마 괜찮기는 하지만, 그래도 뭐든 내 가슴으로 해결하려고 하는 건……."

아케노 선배님은 부끄러움을 타는 부장님을 설득하듯 그녀의 두 어깨에 손을 얹었다.

"아냐, 리아스. 이건 어떤 의미에서 보면 약속된 시추에이션 같은 거야. 손님에게의 서비스이기도 하다구."

"서비스라니…… 손님이 대체 누구를 말하는 건지도 모르겠단 말이야, 아케노……."

아케노 선배님은 당혹스러워하는 부장님을 달랬다. 방금까지 다퉜던 사이 같지 않았다. 때로는 다투기도 하지만, 원래 사이가 좋기 때문에 이럴 때 협력할 수 있는 것이리라. ……하지만 젖가슴 작전이라……. 잇세 군에게 어울리는 작전이기는 하네.

"일단 해보자."

아케노 선배님은 악마의 능력―― 마력으로 레일이 달린 커튼을 불러냈다. 그 커튼 너머로 잇세 군과 부장님을 데리고 가더니, 아케노 선배님은 준비에 착수했다.

"자아, 부장님. 옷을 벗으세요. 잇세 군. 당신이 사랑하는 리아스 부장님의 가슴이에요. 잘 봐요."

커튼 너머에서 부장님이 옷을 벗기 시작한 것 같았다. 부장님의 가슴은 저 커튼 너머에 있는 잇세 군과 아케노 양만 볼 수 있었다. 바로 그때, 아시아 양도 커튼 너머로 갔다.

"시, 싫어! 나, 나는 그런 야한 걸 보지 않을 거야!"

의자에 묶인 잇세 군이 날뛰고 있다는 것을 커튼에 비친 그림자를 통해 알 수 있었다.

"……그, 그것도 좀 기분 나쁘네. 좋아. 반드시 내 젖꼭지를 누르게 만들겠어."

"바로 그거야, 리아스! 잇세 군! 자아, 리아스의 가슴을 쳐다봐요!"

"싫어요! 가슴 같은 건 안 볼 거예요!"

"자아! 리아스의 가슴에 손을 대요! 그리고, 그대로 꾹 누르는 거예요!"

아케노 씨가 잇세 군의 손을 잡더니, 부장님의 가슴 쪽으로 유도하고 있는 것 같았다.

"그만해애애애애애앳! 나는 가슴 같은 건 누르고 싶지 않아! 엉큼해! 음란하다고! 나는 그런 거에는 관심 없어! 이 세계의 평화와 가슴 사이에는 아무런 상관도 없단 말이야!"

"아뇨! 리아스의 가슴은 명계의 평화를 지킨 가슴이에요! 이 핑크색을 봐요! 아름답죠?! 자아, 있는 힘껏 꾸욱 눌러보라고요!"

아케노 선배님, 텐션이 정말 높네요. 저도 깜짝 놀랐어요. 혹시 즐거워하고 있는 걸까? 왠지 그런 것 같았다.

"잇세 씨! 눌러주세요! 리아스 언니의 가슴을 누르면 전부 해결될 거예요! 힘내세요! 곧 원래대로 되돌아올 거예요!"

아시아 양도 엄청난 소리를 하고 있네……. 필사적이라는 건 알고 있지만…….

하지만 잇세 군도 저항을 멈추지 않았다.

"나는 가슴 따위에 굴하지 않아! 가슴 같은 것에 지지 않는다고!"

"내 가슴을 눌러! 잇세! 그래야 올바른 너로 되돌아올 수 있어!"

"자아, 가슴을 눌러요!"

"가슴을 누르는 거예요, 잇세 씨! 꾹 누르는 거예요!"

……무, 무시무시한 광경이다. 나는 입을 반쯤 벌린 채 그 광경을 지켜볼 수밖에 없었다. 가슴가슴……. 왠지 나는 이것과 비슷한 상황을 본 적이 있는 것 같은 느낌이 들었다.

"……잇세 선배가 무슨 일을 일으킬 때마다 항상 이런 느낌이었어요."

옆에 있는 코네코는 탄식을 터뜨렸다.

그래. 언제나 이런 느낌이었지. 나도 울고 싶어지기 시작했어…….

이제 뭐가 어찌 되든 상관없다는 생각이 들기 시작했을 즈음, 누군가가 부실 안으로 들어왔다.

긴 은발을 지닌 정장 차림의 여성이었다. 최근에 우리의 동료가 된 로스바이세 씨였다.

로스바이세 씨는 사과를 하면서 부실 안으로 들어오더니──.

"회의에 늦어서 미안해요! 직원회의가 생각보다 길어져서── 앗! 당신들, 해가 지지도 않았는데 대체 뭘 하고 있는 거죠?!"

가슴을 누르니 마니 하면서 실랑이를 하고 있는 부장님과 잇세 군을 보고 깜짝 놀란 표정을 지었다.

그래요. 저 모습을 보면, 누구든지 당황하겠죠…….

잇세 군 회복작전
번외 「북유럽의 마술」

"그랬군요. 어떻게 된 건지 이해했어요."

일련의 사태에 관한 이야기를 들은 로스바이세 씨는 고개를 끄덕였다.

"오히려 잘된 것 아닌가요? 외설적인 건 좋지 않으니까요. 운명이라 여기고 받아들이는 것도 하나의 방법 아닐까요?"

로스바이세 씨는 그런 의견을 제시했지만——.

"안 돼. 이미 우리는 논의 끝에 『원래대로 되돌린다』로 의견을 통일했어. 부탁이야. 협력해줘. 전직 발키리이자 발할라에도 소속됐던 당신이라면 좋은 방법을 알고 있을 것 같은데?"

부장님의 말을 들은 로스바이세 씨는 눈을 감은 채 고개를 갸웃거렸다.

"으음, 저는 젊은 학생들의 불순 이성교제에는 반대이기 때문에 이대로 두는 게 좋을 것 같지만, 리아스 씨가 이렇게까지 말한다면 협력할 수밖에 없겠군요. ——알았어요."

로스바이세 씨는 부장님의 부탁을 받아들였다.

"그럼 바로 시작하죠."

잇세 군에게 다가간 로스바이세 씨는 손 언저리에 조그마한 마방진을 펼치더니, 뭔가를 조사하기 시작했다.

"몸 상태는 양호하군요. 그 외에 마력이나 드래곤의 힘도 정상적이에요. 저주 같은 건…… 아, 조금 흐려져 있는 것 같군요."

"흐려져 있다는 말은 즉, 저주 같은 것에 걸렸다는 거야?"

부장님이 묻자, 로스바이세 씨는 고개를 끄덕였다.

"예. 어떤 형태로 걸었는지는 모르겠지만, 복잡한 술법이 머리에 집중적으로 걸려 있어요. 악마의 술식과 비슷하고, 타천사의 술식과도 연관이 있는 것 같군요. 북유럽의 마술 형식도 다소 섞여 있네요. 아무튼, 괴상한 술식이 걸려 있어요."

"고칠 수 있을 것 같아?"

"일단 최선을 다해볼게요."

로스바이세 씨는 전용 가방을 출현시키더니, 가방 안을 뒤지기 시작했다.

수상쩍은 생물의 꼬리, 괴상한 색깔을 띤 풀, 위험한 느낌을 풀풀 풍기는 액체가 든 병 같은 것을 꺼내더니, 절구에 넣고 찧으면서 섞기 시작했다. 그리고 플라스크와 비커를 꺼내 조합하기 시작했다. 마치 과학자가 괴상한 실험을 하고 있는 것만 같았다.

말로 형용할 수 없는 자극적인 향기를 뿜는 연기가 실내를 가득 채웠다. 더는 참지 못한 나는 부실 창문을 열었다. ……술식을 풀 약이라도 만들고 있는 것일까?

10분 정도 지났을 즈음, 일곱 가지 빛깔을 띤 액체가 비커 안에서 완성되었다.

"다 됐어요! 이게 바로 북유럽 신화식, 주술을 푸는 약이에요!"

거품과 위험하기 그지없어 보이는 연기를 마구 뿜고 있지만…… 효과는 분명 있을 것이다.

"자아, 효도 잇세이 군! 이걸 마셔보세요! 분명 효과가 있을 거예요! 주술을 풀 뿐만 아니라 당신의 나쁜 머리도 좋아지게 해줄 스페셜 드링크예요!"

로스바이세 씨가 비커를 내밀자, 잇세 군은 미친 듯이 저항했다.

"코, 코가 삐뚤어질 것 같아아아앗! 냄새만으로 질식할 것 같은뎁쇼?!"

잇세 군은 의자에 묶인 채 버둥거렸지만, 우리는 아무 말 없이 그를 잡았다.

"놔, 놔주세요! 저, 이딴 걸 먹으면 죽어버릴 거라고요!"

"우후후, 저항하는 모습이 정말 귀엽군요. 하지만 헛수고예요. 북유럽의 마술로부터는 그 누구도 도망칠 수 없으니까요. 자아, 이걸 마시고 우등생이 되세요."

로스바이세 씨는 불길한 미소를 지었다. 약간 즐거워하고 있는 것처럼 보이는 건 내 착각이겠지? ……이거, 정말 주술을 풀어주는 약 맞아? 나는 의문을 느끼면서도 잇세 군이 액체를 마시게 했다.

꿀꺽꿀꺽.

잇세 군은 그 약을 억지로 마셨다. 그리고 그 약을 다 마신 후——.

푸슈우우우우우욱.

얼굴에 있는 구멍이란 구멍에서 보랏빛 연기가 뿜어져 나왔다. 그리고 낯빛 또한 일곱 가지 색깔로 변했다. 그리고 다음 순간——.

털썩.

비정상적인 각도로 목을 돌린 잇세 군은 입에서 엑토플라즘 같은 것을 방출하며 기절했다.

우리 모두는 그 반응을 보고 얼굴이 새파랗게 질렸다. ……어, 괘, 괜찮은…… 거겠지……? 방금 혼이 하늘로 승천한 것처럼…….

텅 빈 비커를 한 손에 든 로스바이세 씨는 고개를 갸웃거렸다.

"이상하네요. 오딘 님의 치매는 이걸 먹고 나았는데……."

그, 그거, 혹시, 독은 독으로 제압한다는 원리로 치료한 건 아니겠죠……?

쾅!

우리가 당황할 대로 당황했을 때, 누군가가 힘차게 문을 열고 부실 안으로 들어왔다.

"부장님! 다들! 우리가 해냈다!"

"해냈어! 해냈다구!"

교복이 엉망이 된 제노비아와 이리나 양이 안으로 들어왔다.

그들의 손에는 전리품으로 보이는 은색 강철 파편이──. 서, 설마…….

"UFO를 격추했어!"

제노비아는 자신들의 승리를 보고했다.

여러분, 큰일 났습니다.

……제 동료가 드디어 우주에서 온 방문자를 쓰러뜨리고 말았어요.

이 말도 안 되는 사실을 안 저는 말문이 막히고 말았습니다.

─ ○ ● ○ ─

"……지, 진짜 UFO네."

부장님은 아연실색하면서 그것을 보았다.

구교사 밖에는 아담스키 타입이라 불리는 형태를 한 미확인 비행물체──UFO가 연기를 뿜으며 지면에 떨어져 있었다.

제노비아와 이리나 양이 근성으로 UFO를 발견한 후, 그 자리에서 성검의 파동과 천사의 빛으로 공격을 날린 것 같았다. 그리고 격전 끝에 UFO는 추락했고, 그후 여기까지 옮겼다고 한다. 다른 사람에게 들키지 않은 게 정말 용하네……. 천계의 전이 기술이라도 쓴 것일까.

하지만 다짜고짜 상대를 공격했다는 사실은 혹성 간의 문제로 발전할 수도 있을 것이다. 둘러대는 것은 절대 무리다. 우주인과의 외교는 최악의 형태로 시작되고 말지도 모른다.

내가 그런 걱정을 하는 사이, 제노비아는 UFO의 입구 같은 것을 성검으로 박살 냈다.

"봤지? 내 뒤랑달은 우주의 침략자에게도 먹힌다구."

그녀는 자랑하듯 그렇게 말했지만……. 아직 침략자로 확정되지는 않았는데……. 뭐, 잇세 군을 먼저 공격하기는 했지만 말이야.

"그런데 개스퍼 군은?"

그의 모습이 보이지 않자, 나는 제노비아에게 물었다. 공중을 날아다니는 UFO를 움직이지 못하게 하는 게 그의 임무였을 텐데…….

제노비아는 눈을 감았고, 이리나 양은 손으로 입을 가린 채 눈물을 흘렸다. 어? 왜 저러지?

"키바. 개스퍼는 좋은 녀석이었어. 마지막 순간까지 열심히 싸웠지."

"개스퍼 군은 UFO가 쏜 빔을 맞고…… 흑흑!"

이리나 양이 손가락으로 가리킨 곳에는 종이상자가 있었다!

내가 그 상자를 열어보니── 안에는 숯검댕이 되어버린 개스퍼 군이 있었다!

"개스퍼의 죽음을 헛되이 할 수는 없어! 자아, 함께 우주인들을 해치우자!"

제노비아는 기합을 넣으며 그렇게 외친 후, 부서진 문을 통해 UFO의 내부에 침입했다.

그녀는 왜 이렇게 엉뚱한 방향으로 폭주하고 있는 것일까?! 아, 개스퍼 군이 꿈틀거렸다. 아직 살아 있는 것 같다. 다행이다.

"……유, 유우토 선배…… 저, 저…… SF가 싫어질 것 같아요……."

"개스퍼 군, 수고했어."

나는 개스퍼 군의 어깨에 손을 얹었다. 너, 요즘 항상 이런 꼴을 당하는구나.

다음에 맛있는 저녁을 만들어줄게. 나는 최선을 다한 후배를 보면서 눈물지었다.

몇 분 후, 제노비아는 뭔가를 잡아끌면서 UFO 안에서 나왔다.

그것은 바로——!

우리는 경악을 금치 못할 광경을 보고 입을 크게 벌렸다!

"……아자젤 선생님이 안에 있었어."

그렇다. 제노비아가 끌고 나온 것은 오컬트 연구부의 고문이자 타천사 측의 총독인—— 아자젤 선생님이었다.

머리에 커다란 혹이 나 있었다. 기절하기는 했지만 선생님이 틀림없었다.

……선생님, 이번에는 대체 무슨 짓을 벌인 거예요…….

"이야~, 왠지 UFO를 만들어보고 싶어져서 말이야! 겉모습만 흉내 내서 만들어봤지!"

선생님은 호쾌하게 웃었다. 미안해하는 기색은 눈곱만큼도 없었다.

그 후, 우리는 이 일의 진상을 들었다.

집에서 텔레비전에 나오던 UFO 특집을 본 선생님은 갑자기 UFO를 만들고 싶어졌고, 결국 학교 지하에 있는 연구실에서 몰래 제작했다고 한다. 타천사가 자랑하는 경이적인 메커니즘으로 UFO는 완성됐다. UFO 같은 것도 뚝딱 만들어내는 선생님의 기술력은 정말 놀라웠다. 그것을 좀 다른 쪽으로 유효 활용할 수는 없는 겁니까……? 그런 딴죽을 이제 와서라도 날리고 싶었다. 그러고 보니 여름에 로봇도 만들었죠? 이 세계를 가장 위협하는 존재는 이 사람일지도 모른다.

그 후, UFO의 시험 비행을 해보고 싶어진 선생님은 바로 UFO를 가동시켰다. 평범한 인간에게 UFO가 보이지 않게 하는 특수한 배리어를 장착했기 때문에 딱히 문제 될 것은 없었다. 정말 쓸데없는 점을 신경 쓰는 사람이라니까.

UFO가 예상보다 잘 움직이자 기분이 좋아진 선생님은 잇세 군 일행의 눈앞에 모습을 드러낸 것이다.

"하하하하. 뭐, 지상에 있는 잇세를 보니 빔을 쏴보고 싶어지더라고."

그런 이유로 잇세 군을 공격했다고 한다. 그리고 잇세 군은 성욕을 잃어버린 상태가 되었다.

찰싹!

부장님이 쥘부채로 선생님의 머리를 힘차게 때렸다. 그리고 그대로 선생님을 노려보면서 말했다.

"저기 말이야. 당신 때문에 잇세가 저렇게 됐단 말이야. UFO를 만드는 건 좋지만 제자에게 빔을 쏘는 선생님이 어디에 있느냔 말이야."

부장님의 말을 들은 선생님은 폼을 잡으면서 엄지로 자신을 가리켰다.

"바로 여기 있지!"

찰싹!

두 번째 쥘부채 공격은 첫 번째보다 날카로웠다.

부장님은 쥘부채에 맞은 곳을 쓰다듬고 있는 선생님에게 물었다.

"그런데 어떻게 하면 잇세의 성욕이 원래대로 돌아오는 거야? 저런 상태의 잇세를 보고만 있어도 슬퍼진단 말이야."

선생님은 부장님의 질문에 대답했다.

"뭐, 그냥 재미있는 병기를 만들고 싶어서 엉성한 술식으로 대충 만든 빔 병기거든. 원래대로 되돌리기 위해서는 빔을 해석해야 하는데, 아마 시간이 꽤 걸릴 거야."

선생님이 그렇게 말한 순간, 부장님을 비롯해 이 자리에 있는 여성들의 눈빛이 흔들렸다.

"그, 그럼 한동안은 원래대로 돌아올 수 없다는 거야?! 말도 안 돼! 엉큼하지 않은 잇세는 잇세가 아니란 말이야!"

격노한 부장님의 뒤편에 선 아케노 선배님은 싱글벙글 웃으면서 온몸으로 전기를 내뿜고 있었다.

"선생님? 고칠 수 있죠? 고칠 수 없다면, 짜릿한 맛을 보게 될 거예요."

그녀들의 엄청난 박력은 타천사 총독마저 뒷걸음질 치게 만들었다.

"자, 잠깐만. 좀 진정하고, 나만 믿어. 내가 어떻게든 해볼게."

선생님은 당황한 표정으로 그렇게 말했다.

구교사에 있는 선생님의 실험실에는 사람 한 명이 들어갈 수 있을 크기의 캡슐형 장치가 있었다.

"자아, 우선 잇세를 이 캡슐에 넣고……."

이미 잇세 군은 그 안에 들어가 있었다.

『꺼내줘어어어엇!』

비명을 지르고 있지만, 그래도 꺼내줄 수는 없다.

"이제 어떻게 할 거야?"

부장님이 묻자, 선생님은 장치의 스위치를 누르면서 설명했다.

덜컹덜컹커덩.

장치는 수상쩍은 소리를 내면서 작동됐다.

"일전에 잇세의 도플갱어 사건이 벌어졌었지?"

얼마 전, 아자젤 선생님의 실험이 실패하면서 잇세 군의 분신 —— 도플갱어가 대량으로 발생해 쿠오우 학원을 혼란에 빠뜨렸다. 그리고 보니 그때도 이 선생님이 원흉이었지. 정말 반성이라는 것을 할 줄 모르는 사람이라니까……

"그때 수집했던 잇세의 엉큼한 데이터가 남아 있더라고. 그걸 잇세에게 투여할 거다."

"백업해둔 엉큼한 데이터로 잇세를 원래대로 되돌릴 거라는 거야?"

부장님이 묻자, 선생님은 고개를 끄덕였다.

"그래. 잇세는 금방 원래대로——."

파앗!

캡슐이 갑자기 빛나기 시작하더니——.

쿠아아아아아아아앙!

대폭발을 일으켰다!

실험실이 엉망진창이 될 정도의 폭발이었다! 책상과 실험도

구가 튕겨져 날아갔다. 그리고 우리는 재빨리 실험기구 뒤편에 숨었다.

……자욱했던 연기가 가라앉자, 캡슐 쪽을 쳐다보았다.

푸쉭～.

소리를 내면서 캡슐이 열렸다. 거기에는———.

"젖가가가, 젖가스으으으으으으으으으음!"

괴상한 절규를 지르고 있는 잇세 군이 있었다!

『더 이상해졌잖아아아아아아아아아!』

유감스러운 결과를 목격한 우리는 놀랄 수밖에 없었다.

그다음 날이 되어서야 잇세 군은 원래대로 되돌아왔습니다.

집에 돌아가, 부장님의 가슴에 안겨 하룻밤 자고 난 다음 날 아침에는 다 나았다고 한다.

그 말을 들은 나는…….

"뭐야. 역시 부장님의 가슴 덕분에 원래대로 돌아왔잖아."

……라고 말하면서 쓴웃음을 지었다. 그리고 잇세 군은 전에 이런 말을 했었다.

————내 말 좀 들어 봐, 키바. 부장님의 가슴은 나라는 존재의 시작이자, 돌아가야만 하는 장소야.

그는 정말 부장님의 가슴을 통해 돌아왔다. 역시 잇세 군다웠다.

방과 후의 부실. 우연히 그곳에서 단둘이 있게 되었을 때, 잇세 군은 들뜬 목소리로 나에게 말했다.

"키바! 엄청 야한 책을 구했어! 보고 싶지?! 하지만 너한테는 안 보여줄 거야! 미남 자식한테 음란서적을 보여줄 수야 없지!"

그렇게 말하면서 나를 향해 음란서적을 들어 보이는 잇세 군.

그렇다. 이래야 내 친구인 잇세 군이다. 역시 엉큼하지 않은 잇세 군은 잇세 군이 아니지.

원래대로 되돌아와서 다행이야, 잇세 군.

Life.2 궁극!! 오빠가면

"하아~, 큰일 났네……."

나—— 효도 잇세이는 무지막지하게 넓은 방 한가운데에서 한숨을 내쉬었다.

나는 현재 부장님의 집—— 명계에 있는 그레모리가의 저택에 동료들과 함께 와 있었다. 저택이라기보다는 거대한 성에 가까워 보였다.

어젯밤, 부장님의 어머니에게서 "내일 좀 도와줬으면 하는 일이 있어요." 하는 연락이 왔다. 그래서 오늘 이렇게 와봤더니, 부장님의 어머니는 우리를 보자마자——.

"리아스가 쓸데없이 사둔 물건들을 정리하거나 처분해줬으면 해요."

……하고 말했다.

부장님은 일본에서 산 신기한 물건 같은 것을 본가에 보내고 있다고 한다. 그래서 저택에 있는 부장님의 방은 그 물건들에 완전히 점거당하고 말았다.

일본풍 무사의 갑옷을 비롯해, 신센구미(新選組)의 외투, 도쿄 타워의 미니어처 모형까지 있었다. 일본의 명산물들이 이 넓은 방을 가득 채우고 있었던 것이다. 아, 곰 조각상까지 있었다. 그것도 몇 개나!

본가에 있는 부장님의 방이 이렇게 일본 느낌이 물씬 나는 물건들로 가득 차 있을 줄이야.

"……이렇게 엉망인 방을 너희에게 보여주고 싶지는 않았는데……."

부장님은 얼굴을 붉히면서 부끄러움 섞인 목소리로 말했다.

……일전에 우리가 명계에 갔을 때, 부장님이 자신의 방을 보여주지 않았던 것은 이래서였구나.

가슴이 깊게 파인 드레스를 입은 부장님의 어머니가 부장님에게 말했다.

"무계획적으로 물건을 사니 이렇게 되는 거예요. 정말, 돈 씀씀이까지 아버님을 닮았군요……. 당신의 용돈이 너무 많은 것은 아닌지 좀 검토해봐야겠어요."

……오오, 엄청 화나신 것 같다. 부장님의 어머니는 부장님과 판박이 같을 만큼 닮았다. 굳이 다른 점을 찾자면 황갈색 머리카락 정도다.

정말 젊으시다. 부장님과 나란히 서면 자매로 보일 정도의 미소녀다.

뭐, 악마는 겉모습을 마음대로 바꿀 수 있으니, 실제 연령이 어느 정도인지는 알 수 없지만 말이다. 그래도 정말 아름다우셨다.

아무튼, 우리는 부장님의 방에 있는 물건들을 지하 창고로 옮기거나 처분하기 위해 바삐 움직였다.

"부장님, 이 목제 곰 말인데 똑같은 게 몇 개나 있으니 좀 처분할까요?"

키바가 묻자, 부장님은 당황했다. 그것은 북쪽 지방에서 여행 선물로 파는 그 목조 곰 조각상이었다.

"자, 잠깐만, 유우토! 그 애들은 하나하나에 이름이 있는 소중한━━."

"유우토 씨, 하나만 있으면 충분하니 처분해 주세요."

부장님의 어머니가 부장님의 말을 막으면서 단호한 목소리로 말했다.

"하, 하지만 어머님! 일본에서는 이런 물건에 혼이 깃든다고……!"

"리아스. 일본의 문화에 감화되는 것은 좋지만, 여기는 일본이 아니랍니다. ━━전부 같은 곰 조각상이잖아요. 버리죠. 유우토 씨, 어미인 제가 허락하겠어요. 버려주세요."

"안 돼━━━━! 밥! 다이키치마루! 레오오오오오온!"

부장님의 어머니에게 지시를 받은 키바는 "죄송합니다." 하고 사과하면서 나무로 된 곰을 들고 방에서 나갔다. 그 모습을 본 부장님은 비통한 외침을 터뜨렸다. 그건 그렇고, 동서양을 오고 가는 이름이 붙은 곰돌이들이네요!

효도가에서는 우아한 아가씨이자 믿음직한 언니인 부장님이 자신의 집에서는 평소와는 전혀 다른 반응을 보여주자, 왠지 신선한 느낌이 들었다. 나 이외의 다른 멤버들은 방금 그 모습을 보고 웃음을 터뜨렸다.

참고로 나는 눈앞에서 출렁거리고 있는 부장님 어머니의 가슴에 계속 눈이 갔다. 저렇게 가슴 언저리가 깊게 파였으니 가슴이 저렇게 요동을 치는 것도 무리는 아니었다.

"죄송하지만, 지하 보물고에 전송되어 있는 리아스 아가씨와 권속 여러분이 인간계에서의 계약을 통해 얻은 물건들도 정리해주셨으면 합니다."

메이드복 차림의 그레이피아 씨는 짐을 양손에 든 채 우리에게 그렇게 말했다.

"""예~!"""

우리도 힘차게 대답했다.

그래. 인간계에서 계약을 통해 얻은 물건은 이 집의 지하 보물고로 보내지는구나. 뜻밖의 사실을 안 우리는 계속 짐 정리에 몰두했다.

"차 드세요."

"휴우, 좋네."

우리는 아시아가 끓인 차를 마시면서 보물고의 구석에서 쉬고 있었다.

이야~, 보물고는 정말 넓네! 지하 최하층 전체가 보물고였으며, 그 안은 몇 개의 구역으로 나뉘어 있었다. 참고로 이곳은 도쿄돔을 몇 개나 지을 수 있는 넓이라고 한다.

선조들로부터 대대로 이어받아 온 보물 보관소인 것이다. 다른 명가도 이런 보물고를 가지고 있는 걸까.

참고로 보물에는 랭킹이 존재하며, 각 장르별로 분류되어 있었다. 권속이 계약을 통해 얻은 물건을 분류해 각 구역으로 직접 옮겨서 그런지 정말 피곤했다……. 다들 완전히 녹다운 모드였다.

슈퍼 부잣집의 자산 및 재산은 정말 엄청나네……. 사업이 난항을 겪어도 보물고의 보물만으로 한동안은 먹고살 수 있을 것 같은데?

나도 장래에는 독립해서 이런 보물고를 만들 거니까, 이 기회에 어떤 식으로 되어 있는지 배워둬야지.

아, 우선 승격해서 성을 짓지 않으면 의미가 없구나. 갈 길이 정말 머네…….

차를 마시면서 그런 생각을 하고 있을 때, 몰래 숨어서 나를 향해 손짓을 하고 있는 누군가의 모습이──.

'잇세 군. 이쪽으로 와보게.'

붉은 머리카락을 지닌 남성, 서젝스 님이었다. ……나, 나? 주위를 둘러봐도 나 외에는 아무도 눈치채지 못한 것 같았다. 내가 손가락으로 자신을 가리키자 서젝스 님도 고개를 끄덕였다.

나는 서젝스 님의 곁으로 뛰어갔다. 그건 그렇고 오늘 집에 계셨네요.

"서젝스 님, 무슨 일이에요?"

"음, 모처럼 잇세 군이 그레모리가에 왔다는 말을 듣고 시기적으로 적당하다는 생각이 들어서 말이야. 실은 자네에게 보여줄 게 있다네. 따라오게.”

그 말을 들은 나는 고개를 갸웃거리면서도 서젝스 님을 따라갔다.

지하에서 나와 이주용 구역을 10여 분 정도 걸었다. 그건 그렇고, 이 저택은 정말 넓네! 몇 번을 왔지만 또 길이 헷갈리기 시작했어! 여기는 어디지?!

“여기라네.”

서젝스 님은 호화롭게 꾸며진 양문형 문 앞에서 걸음을 멈췄다.

문이 열리자, 그 안에는━━.

가장 먼저 눈에 들어온 것은 거대한 스크린이었다! 우와~, 의자가 극장처럼 배치되어 있어! 2층도 있잖아! 무대도 있고, 조명도 설치되어 있네!

여기는 그레모리 가문의 사설 극장인가?

이 시설을 보고 압도당한 내가 멍하니 서 있는 사이, 서젝스 님은 1층 중앙에 있는 자리에 앉았다.

“이쪽으로 오게.”

“아, 예.”

나는 서젝스 님의 옆자리에 앉았다.

“저, 저기, 여기는 뭐 하는 곳이죠……?”

내가 묻자, 서젝스 님은 대답했다.

"여기는 초대한 내빈들을 즐겁게 해주기 위한 장소지. 주로 우리 그레모리 가문의 인물들이 뭔가를 발표할 때 이용했지만…… 사실 몇 년에 한 번 쓸까 말까 한 설비지."

며, 몇 년에 한 번…… 정말 쓸데없이 호화로운 장소가 많네.

부자들의 낭비에 가까운 감각을 이해하지 못한 내가 당황한 사이, 옆에 있는 서젝스 님은 오른편에 둔 앨범 같은 것을 펼쳤다. 그 안에는 각양각색의 문양이 새겨진 플레이트가 한 페이지에 몇 장씩 들어 있었다. 악마의 글자로 뭐라고 적혀 있었다.

……리아스, 첫 목욕……?

……이게 뭐지? 궁금증이 생긴 내가 물었다.

"이건 뭔가요……?"

서젝스 님은 얇은 플레이트 한 장을 꺼내 내밀었다.

"이건 명계 특유의 영상 기록 매체라네. 먼 옛날부터 쓰인 것이지. 지금의 명계에서는 인간계의 비디오카메라가 유통되고 있지만, 『72위』에 속하는 상급 악마 가문에서는 이런 명계 특유의 매체를 이용하려는 편이네. 전통이라고나 할까? 촬영 도구도 지금은 인간계의 비디오카메라와 비슷해지고 있다네."

헤에, 그런 게 있구나. 서젝스 님은 앨범에서 꺼낸 플레이트를 손 언저리에 마방진을 펼쳐 어딘가로 전송한 것 같았다.

그 순간 극장이 어두워지더니 스크린에 무언가가 비치기 시작했다. 극장 전체가 마력으로 움직이는 걸까?

"좋은 걸 보여주고 싶어져서 말이야. 이 앨범은 리아스의 성장을 기록한 거라네. ——그리고 지금부터 보여주는 건 리아스의 어릴 적 기록 영상이지."

——으. 부, 부장님의 어릴 적……?

"저…… 정말 보고 싶어요!"

나는 흥미가 끓어올랐다! 부장님의 어린 시절을 볼 수 있다니! 그래. 서젝스 님은 나에게 부장님의 영상 앨범을 보여주기 위해 여기에 데려온 거구나!

그런데 왜 나한테만 보여주는 거지? 다른 권속에게는 보여줄 수 없는 이유라도 있는 건가? 내가 그런 의문에 사로잡혀 있을 때, 영상이 시작되었다. 서젝스 님도 멋진 미소를 짓고 계셨다.

"후후후, 그렇지? 그럼 같이 보도록 하지."

아, 저 표정은! 부장님의 성장 앨범을 남에게 보여주고 싶어 죽겠다는 얼굴이야! 부장님이 나중에 이 사실을 알면 큰일 나지 않을까?

『오라버니는 얼간이! 잇세는 바보!』

같은 말을 하면서 엄청 화내겠지……. 나, 나중 일이 무섭기는 하지만, 그래도 보고 싶어!

호기심을 이기지 못한 나는 시청을 선택했다.

"지금부터 보여주는 영상은 일하러 가는 나를 리아스가 배웅하는 모습이지."

호오, 가족의 따뜻한 한때 같은 느낌이네요.

아, 불현듯 생각났다. 이 이야기는 전에 부장님에게 들은 적이 있었다. 공사다망한 서젝스 님이 때때로 본가에 돌아왔다 돌아갈 때, 항상 배웅을 나갔었다고 그녀는 말했다.

분명 내가 들은 이야기에 따르면…….

○리아스 그레모리의 추억 남매 편

『그럼 마왕령으로 돌아가마, 리아스.』

『예, 오라버니. 안녕히 가세요.』

『음. 다음에 돌아오면 세피로트와 천사에 관해 이야기해주마.』

『예. 잘 부탁드려요.』

응, 이런 느낌이었다고 들었어. 상류 계급다운 엄격한 분위기의 대화구나~ 하고 생각하면서 조금 동경하기도 했었다.

그런 생각을 하고 있을 때, 영상에 누군가가 비쳤다. 지금과 별 차이 없는 서젝스 님이었다.

저택 문 앞에서 수많은 고용인들을 대동한 서젝스 님과 부장님의 어머니가 비쳤다. 부장님의 어머니 또한 여전히 아름다우셨다!

『그럼 어머님, 마왕령으로 돌아가겠습니다.』

『예. 명계를 위해 자신의 직무에 충실해주세요.』

출발 전에 모자간에 나누는 대화 같았다. ……어라, 그런데 부장님이 안 보이는데……. 부장님을 찾는 내 귀에 귀여운 목소리가 흘러들어 왔다.

『오라~버니~!』

곰 모양 봉제 인형을 안고 있는 조그마한 부장님이 서젝스 님을 향해 뛰어왔다!

무, 무지막지하게 사랑스러워! 일전에 부장님이 작아졌을 때도 그랬지만, 정말 눈에 넣고 싶을 만큼 귀엽다고!

그것보다 오라~버니?! 방금 오라~버니라고 했습니까?!

영상에 비친 서젝스 님은 미소를 지어 보이며 꼬맹이 부장님을 안아 들었다.

『리아, 왜 그러니?』

서젝스 님이 상냥한 목소리로 말을 걸었지만, 꼬맹이 부장님의 귀여운 얼굴은 눈물로 범벅이 되어 있었다.

『……오라~버니, 리아에게 책을 읽어주기로 약속했으면서…… 가버리는 거야?』

『미안해, 리아. 급한 일이 생겼단다. 그래서 서둘러 마왕령으로 돌아가야만 한단다.』

그 말을 들은 꼬맹이 부장님은 약간 난처한 표정을 지은 서젝스 님의 품에 꼭 안겼다.

『그럼 리아도 따라갈래!』

『으음, 그건 곤란한데…….』

서젝스 님이 약간 난처한 표정을 짓자, 부장님의 어머니는 꼬맹이 부장님을 서젝스 님에게서 떼어내려 했다.

『리아스, 오라버니를 곤란하게 하지 마세요. 서젝스는 명계를 책임지는 위치에 있는 분인 건 알고 있잖아요.』

하지만 꼬맹이 부장님은 서젝스 님에게서 떨어지려 하지 않았다.

『싫어~! 오라~버니는 리아의 오라~버니란 말이야!』

『하하하, 리아는 어리광쟁이구나.』

그런 광경이 눈앞에서 펼쳐지고 있었다.

부, 부장님! 일전에 말씀해주신 거와는 내용이 약간 다른뎁쇼?! 오라~버니라뇨! 책이라뇨! 상류 계급다운 대화는 고사하고, 오라버니 러브러브 꼬마 아가씨가 눈앞에서 날뛰고 있다고요!

기록 영상에 나온 부장님의 어머니가 탄식을 터뜨렸다.

『서젝스, 코피가 흐르고 있어요. ……정말, 당신은 리아스에게 너무 무르다니까요…….』

죄송합니다, 부장님의 어머니. 영상을 보고 있는 나도 코피를 터뜨리고 말 만큼 당신의 따님은 어마무지하게 귀여워요!

"이 시절의 리아땅도 귀여웠지."

──윽! 옆에 있는 마왕님이 미소를 지으면서 코피와 눈물을 흘리고 있잖아?!

"어릴 적의 리아스는 내 뒤를 항상 졸졸 따라다녔지. 오라~버니, 오라~버니 하면서 나한테 항상 어리광을 부렸다네. 함께 잔 적도 있고, 목욕도 같이 했었지……. 아아, 어릴 적의 리아땅……. 더는 이 시절로 돌아갈 수 없겠지……. 영상 속에만 있는 존재……. 하지만, 지금의 리아땅도 멋진 레이디로 자라준 덕분에 꽤나……."

──여동생 바보다! 여동생 바보가 눈앞에 있어! 게다가 혼잣말을 하면서 깨달음을 얻은 듯한 표정을 짓고 있어!

마왕이에요! 여러분, 이 사람, 전설의 마왕 루시퍼라고요~!

『어머님, 리아를 데리고 가도──.』

영상 안의 서젝스 님은 자신에게서 떨어지지 않는 꼬맹이 부장님을 안으면서 그렇게 말했지만, 부장님의 어머니는 고개를 저었다.

『안 됩니다. 대체 무슨 소리를 하는 거죠……. 당신도 한마디 해주세요. 마왕이 된 아들이 이래서야 명계의 주민 여러분이 마음 놓고 살 수 없을 거예요…….』

부장님의 어머니는 카메라 쪽을 쳐다보았다.

……설마 이 풍경을 촬영하고 있는 사람은……. 바로 그때 귀에 익은 댄디한 목소리가 들려왔다.

『……리아땅의 어리광 부리는 표정도 정말 좋군!』

……그것은 부장님 아버지의 흥분한 듯한 목소리였다.

부자(父子)가 함께 뭐 하고 있는 거예요?!

"아, 리아스의 이 모습을 본 당시의 아버님은 코피를 흘리며 오열하셨지."

서젝스 님이 보충 설명을 해주셨다. 그랬나요?! 부장님이 어리광쟁이가 된 건 아버님과 서젝스 님 때문이군요! 아아, 유심히 보니 영상에 나온 고용인들도 못 말린다는 듯이 쓴웃음을 짓고 있었다.

영상에 나온 부장님의 어머니가 또 크게 한숨을 내쉬었다.

『……우리 집 남자들은 왜 다들…….』

나도 그렇게 생각해요, 부장님의 어머니. 하지만 이 꼬맹이 부장님은 너무 사랑스럽다고요. 뭐, 이렇게 좋아하는 것도 무리는 아니죠. 그레모리 가문 남자들의 마음은 충분히 이해돼요.

내가 그런 생각을 하면서 쓴웃음을 짓고 있을 때, 서젝스 님이 앨범에서 새로운 기록 플레이트를 꺼내 마방진으로 전이시켰다.

그러자 스크린에 나오던 영상이 바뀌었다.

"다음은 소나와 노는 모습을 찍은 거라네."

소나 회장님? 스크린에 비친 것은 어린 부장님과 어린 소나 회장님이었다! 두 사람은━━.

『싫어~! 스텔라는 리아가 오라~버니한테 받은 거란 말이야~!』

『리아는 구두쇠! 좀 빌려줘도 되잖아~!』

곰 모양 봉제 인형을 두고 다투고 있었다━━.

그리고 내 눈앞에서 참사가 벌어졌다.

찌직!

뭔가가 찢어지는 소리. 봉제 인형의 귀가 뜯겨나간 것이다.

아무래도 두 사람이 벌인 처절한 쟁탈전에 희생되고 만 것 같았다.

이 참상을 망연자실한 눈으로 바라보고 있는 꼬맹이 부장님과 꼬맹이 회장님.

『아…… 스텔라의 귀가 떨어졌어…….』

잠시 후, 꼬맹이 부장님이 울기 시작했다!

『흑……. 오라~버니가 준 스텔라의 귀가 떨어졌어어어어어어엇!』

그 모습을 본 꼬맹이 회장님도 울면서 사과했다.

『우에에엥! 미안해, 리아아아아아아아아!』

『『우에에에에에에에에엥!』』

두 사람은 울면서 서로의 가족에게 안겼다. 서젝스 님과 레비아탄 님이었다.

『하하하. 울지 말거라, 리아. 나중에 메이드를 불러 다시 귀를 붙여주마.』

『어머어머, 소땅도 울면 안 돼. 제대로 사과했으니까, 다시 사이좋게 지내야지☆』

두 사람은 여동생을 달래고 있었다.

서젝스 님과 레비아탄 님은 또 웃음을 터뜨렸다.

『우리 둘 다 여동생에게는 무른 것 같군.』

『응. 그래도 여동생 가정교육 하나는 잘 시키고 있어.』

『우리 리아도 가정교육 하나는 철저하게 받고 있지.』

『그래도, 우리 쪽이——.』

……영상 안의 두 마왕님이 조용히 말다툼을 벌이기 시작했다. 울다 지친 꼬맹이 부장님과 꼬맹이 회장님을 침대에 뉘인 후, 다시 설전을 벌였다.

『……세라포르, 아무래도 제대로 결판을 내야 할 것 같군.』

『그래, 서젝스. 나도 슬슬 확실히 해야겠다고 생각하고 있었어.』

두 사람은 묘한 박력과 패기를 뿜으면서 고함을 질렀다.

『우리 리아가 더 귀여워!』

『아니! 우리 소땅이 훨씬 귀엽다구!』

『그럼 따라와라! 리아땅이 처음으로 노래를 불렀을 때의 영상을 보여주지!』

『나도 집에서 가져온「소땅의 첫 혼자 옷 갈아입기」영상을 보여주겠어!』

두 여동생 바보는 기록 영상이 든 앨범을 보여주면서 말다툼을 벌였다!

……서젝스 님과 레비아탄 님은 이런 짓도 했었구나……. 뭐랄까, 내 안에 존재하는 마왕님에 대한 이미지가 또 붕괴됐다.

──이 마왕님들, 정말 못 말리겠네.

바로 그때, 부장님의 어머니가 또 영상에 등장했다.

미간을 찌푸린 부장님의 어머니는 눈가를 부들부들 떨고 있었다.

『당신들! 뭘 하고 있는 거죠……?』

부장님의 어머니가 등장하자, 서젝스 님과 레비아탄 님이 온몸을 딱딱하게 굳혔다.

『어, 어머님……. 이건 그러니까…… 리아스와 소나에 대해 이야기하고 있었다고나 할까요…….』

『아, 아주머님! 결코 싸운 건 아니에요…….』

두 사람이 말끝을 흐리자, 부장님의 어머니는 박력 넘치는 아우라를 뿜으면서 주먹을 부르르 떨었다.

『……명색이 마왕이라는 사람들이 여동생 자랑을 하다 감정이 격해져서 다투다니, 그래서 명계를 어깨에 짊어질 수 있겠어요?! 서젝스! 이쪽으로 오세요! 오늘은 절대 용서 못해요! 세라포르도 따라오세요! 당신의 어머님은 학생 시절 때부터 저와 친구였어요! 그러니 당신은 제 딸이나 마찬가지죠! 서젝스와 함께 반성해줘야겠어요!』

『예…….』

『예, 아주머님…….』

나이를 먹을 대로 먹었으면서 부장님의 어머니에게 연행당하는 두 사람——. 게다가 두 사람은 명계의 미래를 짊어지고 있는 마왕님들이다.

"하하하, 나도 세라포르도 저때는 어머님 앞에서 고개도 제대로 들지 못했지!"

서젝스 님은 호탕하게 웃음을 터뜨렸다. ……지금도 고개를 제대로 못 드는 것 같은뎁쇼? 게다가 아내인 그레이피아 씨 앞에서도 고개를 못 드는 것 같던데…….

마왕님의 여동생 자랑은 그 후로도 계속되었다.

— ○ ● ○ —

『오늘, 이렇게 모여 주셔서, 정말 감사해요.』

무대에 선 꼬맹이 부장님은 긴장했는지 약간 딱딱한 목소리로 인사를 했다.

스크린에는 이 극장에서 치러진 꼬맹이 부장님의 피아노 연주회가 상영되고 있었다.

"리아땅의 첫 피아노 연주회……. 각 가문의 귀빈들을 초대한 자리에서 피아노 실력을 뽐냈었지……."

서젝스 님의 여동생 바보 설명을 들은 나는 입가를 씰룩거리면서 부장님의 기록 영상을 보았다.

 ……나는 어떤 반응을 보여야 할지 알 수가 없었다! 아니, 부장님의 기록 영상을 보는 것 자체는 기쁘고 영광스럽기 그지없었다! 하지만 옆에 있는 시스콤 마왕님이 때로는 웃고, 때로는 울면서, 뜨거운 목소리로 열변을 토해댔기 때문에 영상에 빠져들 수가 없었다!

 간단히 말해 「관심이 있기는 하지만 상대가 너무 열정적인지라 약간 질리고 만」 상황인 것이다.

 서젝스 님은 품에서 정교한 장식이 된 시계를 꺼내 시간을 확인했다.

 "음. 벌써 시간이 이렇게 됐군. 여기에 더 있다간 다른 사람들에게 의심을 사고 말겠지."

 서젝스 님은 영상을 정지시키더니, 되돌아온 플레이트를 앨범에 넣었다. 그 앨범을 힐끔 쳐다본 내 눈에── 악마 문자로 『비밀』이라고 적힌 플레이트가 들어왔다.

 내 시선을 눈치챈 서젝스 님이 입을 열었다.

 "이게 뭔지 궁금한가? 이건…… 흠. 그래……."

 서젝스 님은 갑자기 설명을 멈추더니, 턱에 손을 댄 채 뭔가를 생각하기 시작했다.

 왜, 왜 저러시는 거지……?

 "음. 좋아." 하고 말한 서젝스 님은 그 플레이트를 전송했고, 그러자 스크린에 또 영상이 상영되었다.

 스크린에 나온 영상은── 어린 부장님이 잠을 자고 있는 모습이었다. 침대에서 곰 모양 봉제 인형을 안은 채 잠을 자고 있었다.

"……어? 부장님, 자고 있는 건가요?"

"음. 이건 말이야……."

영상이 바뀌더니—— 또 부장님이 잠든 모습이 나왔다. 이번에는 소파 위에 누워서 자고 있었다.

그 후에도 부장님의 취침 영상은 계속해서 나왔다.

이건…….

"이거, 혹시 부장님이 잠자는 모습만 모아서 편집한 건가요?"

내 질문을 들은 서젝스 님은 고개를 끄덕였다. 아, 역시 그랬구나.

"이것은 리아스의 성장에 맞춰 그녀의 잠든 얼굴만 모아둔 영상집이라네. 이 기록 영상들 중에서도 손꼽히는 보물이지. 어릴 적의 영상을 모아뒀지만……. 역시 어엿하게 자란 리아스가 잠든 모습을 찍지 못했다네. 기록이 도중에 어중간하게 끝나버리는 게 정말 유감이지."

서젝스 님은 한숨을 내쉬면서 그렇게 말했지만……. 부장님이 어릴 적이라면 그나마 괜찮지만 고교생이 된 부장님을 상대로 이런 짓을 했다간 변태로 분류되고 말 거라고요!

"그래서 말인데!"

서젝스 님이 나를 향해 고개를 돌리더니, 내 손을 잡았다.

"내 뒤를 이을 사람은 잇세 군밖에 없다네. 한 번 중단되고 만 기록이라는 이름의 보물을 부활시켜보고 싶지는 않나?"

그리고 영문 모를 소리를 해대셨다!

"그, 그게 무슨 소리예요?"

"앞으로 자네가 잠든 리아스의 얼굴을 찍는 거네!"

………… 으음…….

내가 시큰둥한 반응을 보이자, 서젝스 님은 주먹을 치켜들면서 힘찬 목소리로 말씀하셨다.

"그럼 바로 시작하지! 좋아! 오늘 밤에 승부를 벌이는 거야!"

"예? 예?"

나는 이때까지만 해도 서젝스 님이 무슨 말을 하시는 건지 이해하지 못했다. 하지만 이날 밤, 나는 변태의 길에 발을 들여놓게 된다.

심야.

그레모리가에 있는 부장님의 방을 다 정리한 우리는 효도가로 돌아왔다.

다들 잠들었을 시간대에, 나와 서젝스 님은 집 최상층에 있는 빈방에 모였다.

"여동생의 잠자는 모습을 찍기에 딱 좋은 밤이군. 효도 대원, 자네도 그렇게 생각하지?"

그렇게 말한 사람은 모 영화에서 모 시티를 지키는 모 박쥐 남자를 연상케 하는 코스프레 의상을 입은 서젝스 님이었다. 수상한 정도를 넘어 완전히 변태 같았다……. 참고로 나는 잠옷 차림이다.

"……예, 서젝스 님."

내 말을 들은 서젝스 님은 손가락을 까딱거렸다.

"무슨 말을 하는 건가? 나는 서젝스가 아냐. 『리아땅의 잠든 얼굴을 찍는 부대』의 대장인 오빠가면이다!"

뭐랄까, 괴상하기 그지없는 포즈를 멋지게 취한 서젝스 님…… 아니, 오빠가면!

부탁이에요! 모 시티로 돌아가 주세요! 아니, 명계로 돌아가라고요! 여기는 평화로워요! 당신의 존재는 평화를 일그러뜨려요!

이 사람, 코스프레하고 놀기만 하는 것 같잖아! 진짜로 마왕 업무를 보고 있기는 한 것이옵니까?!

"잘 듣게, 효도 대원. 우리의 목적은 단 하나. 리아스 그레모리의 잠든 얼굴을 찍는 거라네. 참고로 촬영할 사람은 자네라네. 자네밖에 없어."

오빠가면은 그렇게 말하면서 나에게 핸디캠을 건넸다.

"……어, 어차피 저는 항상 같이 자거든요. 그때 찍으면 되지 않아요?"

나는 떨떠름한 표정을 지으면서 말했다. 그게 가장 간단할 것 같은데……. 하지만 내 말을 들은 오빠가면은 고개를 저었다.

"그건 안 되네. 흐름상 좋지 않거든. 잘 듣게, 효도 대원. 잠든 얼굴 촬영이라는 것은 약간 꺼림칙한 감정을 느끼면서도 발소리를 죽인 채 몰래 방에 침입해서, 귀여운 얼굴로 자고 있는 아이돌, 혹은 여배우, 그리고 사랑하는 여성에게 들키지 않은 채 촬영해야 의미가 있는 거라네!"

……그렇게 열변을 토해봤자…… 결국 변태들이나 할 법한 짓을 하는 거잖아요. 범죄나 다름없다고요! 그리고 흐름이란 게 뭔데요?! 이딴 마왕, 정말 싫어!

"혹시 그레이피아 씨에게도 그런 짓을 했나요?"

"했지."

"결과는요?"

"죽을 뻔했네. 태어나서 처음으로 죽음을 실감했지."

맙소사! 완전 사선(死線)을 건넌 거나 마찬가지잖아! 뭐, 아무리 가족이라고 해도 그런 변태적인 행동을 당한다면 여성들은 기분 나빠 할 거라고나 할까, 완전 화낼 거라고요! 게다가 상대는 레비아탄 님과 함께 최강의 여성 악마라 불리는 사람이니까, 장난 좀 치려다 죽을 수도 있거든요?!

"하지만 안심하게. 이 임무를 수행할 사람은 자네지. 그러니 나는 아마 무사할 거야. 그러니 명계는 나에게 맡겨주게."

"으으, 나는 왜 이런 사람과 알고 지내게 된 걸까……."

이제 눈물마저 났다! 악마 업계의 최정상에 선 사람이 나에게 압력을 가하고 있다고!

서젝스 님과 친해질수록 이분의 비정상적인 측면을 알게 됐다! 마왕 넷이 사적인 자리에서는 가벼운 이유를 날이 갈수록 이해하게 돼!

"나는 이 행동을 잇세 군이 이어받아 줬으면 하네! 앞으로 리아스가 자는 모습을 촬영할 사람은 자네밖에 없어! 이런 부탁을 할 사람은 자네밖에 없네! 이것은 그것을 위한 의식이라고 생각해도 되네! 좋아! 나는 이 방에서 지시를 내리지. 그럼 출격!"

서젝스 님은 그렇게 말하면서 나를 배웅했다! 으으, 이 상황은 대체 뭐야……. 마왕님의 취미에 어울리게 되다니……. 게다가 나보고 이어받으라니…….

나는 귀에 인터컴을 꽂은 후, 최상층에 있는 이 방을 나섰다.

목적지는 2층에 있는 내 방. 현재 부장님과 아시아가 그 방에서 자고 있다. 나는 그녀들과 함께 침대에 들어갔지만, 두 사람이 잠든 것을 확인한 후, 이 방으로 왔다.

방에서는 들키지 않고 나왔지만, 촬영을 위해 다시 방에 들어갈 때도 들키지 않을 수 있을까?

……가능한 한 기척을 숨기고, 발소리를 낮췄다. 나는 대체 뭘 하고 있는 거지? 여기는 내 집이잖아. 왜 내 집에서 이런 도둑 같은 행동을 해야 하는 건데?

아니, 그런 걸 의식하지는 말자. 더 슬퍼질 뿐이니까 말이야.

계단을 내려가 4층에 도착했을 즈음, 인터컴에서 목소리가 흘러나왔다.

『지금 어디까지 갔지? 오버.』

"으음, 4층이에요. 오버."

『라져. 계속 이동하게. 오버.』

우리는 왠지 스파이 작전을 하는 것 같았다. 서젝스 님은 진지해 보였지만, 엄청 즐거워하고 있는 것이리라.

……이제 더는 아무 말도 하지 말자. 내가 그렇게 생각하면서

아래로 내려가려던 순간이었다.

"……잇세 군?"

누군가의 목소리가 들려왔다. 계단 쪽에서 발소리가 들렸다. ──그 발소리의 주인은 바로 유카타를 입은 아케노 씨였다! 머리카락을 푼 휴식 모드의 아케노 씨다! 그녀가 아래층에서 올라오고 있었다.

"……아, 아케노 씨……!"

큰일 났다! 설마 여기서 아케노 씨와 마주칠 줄이야! 당황한 나머지 표정도 딱딱하게 굳어버렸다!

"……한밤중에 이런 곳에서 뭐 하고 있는 거야……?"

아케노 씨는 미심쩍은 표정을 지었다. 아, 그녀는 차가 들어 있는 페트병을 들고 있었다. 한밤중에 목이 말라서 1층에 있는 냉장고에 꺼내러 갔던 걸까. 그래도 하필이면 이런 타이밍에 마주치다니!

이 위기를 벗어날 방법을 필사적으로 찾던…… 나는──.

"아, 아케노 씨를 만나고 싶어서……."

딱딱한 미소를 지으면서 그렇게 말했다.

당치도 않은 발언이었다! 한밤중에 동거하고 있는 여자애 앞에서 "만나고 싶다."고 말하다니! 덮치고 싶다는 말이나 마찬가지다! 실은 덮치고 싶지만, 그랬다간 부장님 손에 죽을 것이다!

큰일 났다고 생각한 내가 이제 어떻게 할지 고심하고 있을 때…… 눈가가 촉촉해진 아케노 씨가 볼을 붉혔다.

……으음, 저 반응은 대체…….

"정말 기뻐……. 잇세 군이 나를 만나러 와주다니……."

꼬옥. 아케노 씨가 나를 꼭 끌어안았다! 얇은 천으로 된 유카타 너머로 아케노 씨의 풍만한 보디의 감촉이이이이이잇! 가, 가슴 쪽에서 느껴지는 이 감촉은…… 노 브래지어?!

아케노 씨의 가슴이 얇은 천 너머에서 내 몸을 압박했다! 죽어! 이대로 있다간 죽을 거야!

나는 코피를 뿜었다. 이 상황은 현재 내가 맡은 임무를 수행하는 데 있어 매우 바람직하지 않았다! 이렇게 된 이상 진실을 말해서 협력을 부탁하는 편이 좋지 않을까?

"저, 저기, 아케노 씨……. 시, 실은……."

나는 진실을 말하고 싶지만, 아케노 씨가 "기뻐, 잇세……."라고 말하며 너무 좋아하는 탓에 입이 떨어지지 않았다…….

게다가 그녀의 시선은 내가 들고 있는 카메라로 향했다! 이제 변명을 하는 건 무리인 건가?! 카메라를 들고 만나러 온다는 것 자체가 말도 안 되니까 말이다!

"……카메라? 잇세 군, 혹시 나와의…… 그걸 카메라로 찍고 싶은 거야……?"

말도 안 되는 오해를 샀어! 한밤중에 카메라로 여성을 찍는 건 완벽한 변태 짓이잖아! 이대로 있다간 아케노 씨에게 미움 받고 말 거야!

하지만 아케노 씨는 싫어하기는커녕 부끄러움을 타듯 몸을 배배 꼬기만 했다.

"……이, 잇세는 마니악하구나……. 우리의 처음을 기록으로 남기고 싶은 거니……? 그래도…… 나, 잇세가 원한다면…….”

아케노 씨는 얼굴을 새빨갛게 붉힌 채 혼잣말을 중얼거렸다. 어쩌지?! 아케노 씨가 나에게 뭔가를 기대하고 있어! 뭐, 뭐라고 하면 좋지? 솔직히 말해, 마왕님과의 바보짓을 때려치우고, 아케노 씨와 밤놀이를 하고 싶사옵니다!

내가 이러지도 저러지도 못하고 있을 때, 내 귀에 꽂은 인터컴에서 오빠가면의 목소리가 흘러나왔다.

『무슨 문제라도 있는 건가? 혹시 그렇다면 상대를 향해 카메라를 든 후 파란색 버튼을 눌러보게. 오버.』

이쪽의 사정을 아는 건지는 모르겠지만, 오빠가면이 이 상황을 타개할 방법을 가르쳐줬다. 사, 상대를 향해 카메라를 든 후…… 파란색 버튼? 아, 이 버튼이구나.

파란색 버튼을 꾹 누르자――― 부우우웅 하고 공기가 약간 흔들리는 듯한 소리를 내면서 조그마한 마방진이 렌즈에서 튀어나왔다!

아케노 씨는 그 마방진에 정통으로 맞았다!

“……어머……?”

눈빛이 몽롱해진 아케노 씨는 의식을 잃더니 그 자리에서 무너지듯 쓰러졌다. 나는 아케노 씨가 바닥에 쓰러지기 전에 그녀를 안았다.

『그 카메라에는 위기를 타파할 수 있는 기능 몇 가지가 탑재되어 있지. 파란색 버튼을 누르면 최면 마력이 상대에게 발사된다네. 오버.』

——하고 오빠가면이 설명해줬다.

　……카, 카메라에서 최면 마방진이 튀어나왔어! 이 카메라, 대체 어떤 기능을 가지고 있는 거야?!

　"……이 집 사람과 마주쳐 상황이 난처해졌기에 카메라의 기능으로 재웠어요. 오버."

　『라져. 계속해서 임무를 수행해주게, 오버. 아, 그 전에 재운이를 방으로 옮기도록. 오버.』

　"라져. 하아……."

　나는 한숨을 내쉬면서 곤히 잠든 아케노 씨를 그녀의 방에 있는 침대로 옮겼다.

　나는 아케노 씨를 침대에 뉘인 후 방에서 나왔다. ——바로 그때, 기척이 느껴졌다!

　"……냐앙…… 선배……?"

　이번에는 잠이 덜 깬 코네코가 등장했다! 고양이 귀와 꼬리가 달린 그녀는 반쯤 졸고 있는 것 같았다! 그래. 코네코도 아케노 씨와 같은 층에서 살고 있었지.

　그런데 잠옷이 달랑 흰색 와이셔츠 하나인 거냐?! 으음, 나는 로리콤이 아니지만, 저 모습에서는 미지의 매력이 느껴지는걸!

　평소의 코네코였다면 한밤중에 카메라를 들고 4층에 있는 나를 미심쩍게 여겨 추궁했을 것이다! 하지만——.

　"……우냐아……. 선배…… 화장실에……."

화, 화장실……? 코네코는 눈을 비비면서 나에게 그렇게 말했다. 그리고 나를 꼭 끌어안았다!

"……그래그래."

나는 코네코를 안아 들었다.

──윽! 이, 이 감촉은……! 와이셔츠 안에서 속옷의 감촉이 느껴지지 않았다! 손에 느껴지는 것은 여성의 몸 특유의 부드러운 감촉이었다!

코네코의 프리티한 엉덩이는 자극적일 정도로 말캉말캉한 감촉을 지니고 있었다! 노팬티다! 노팬티라고, 노팬티! 코네코! 노팬티는 안 돼요! 팬티를 입으세요! 엉덩이의 살집이! 살집이이이잇! 잠깐, 브래지어도 안 입은 것 같은뎁쇼?!

벌어진 와이셔츠 사이로 배덕적인 느낌을 자아내는 조그마한 무언가가 보이고 있사옵니다!

코네코는 졸리면 이렇게 무방비해진다! 평소 같으면 엉큼한 나에게 펀치를 날렸을 것이다! 하지만 지금은 그저 "우냐앙……"하고 낮은 신음을 흘리면서 나에게 몸을 맡겼다고! 이게 네코마타의 필살기냐?!

젠장! 내 후배는 정말 귀엽네!

나는 필사적으로 이성을 유지하며 그녀를 화장실로 데려갔다.

그 후, 코네코도 침대에 뉘인 후에야 나는 4층을 벗어났다. 3층은 부모님의 방이 있기 때문에 더욱 주의를 기울이며 통과했다.

그리고 드디어 내 방 앞에 도착했다.

……왜 나는 내 집에서 이렇게 고생을 해가며 내 방까지 이동

해야만 하는 거지? 나는 고민에 잠겼다. 그리고 이 모든 일의 원흉인 시스콤 마왕님의 목소리가 들렸다.

『현재 상황을 알려주게. 오버.』

"목적지에 도착, 이제부터 돌격하겠습니다. 오버."

『무운을 빌지. 오버.』

하아……. 자아, 잠자고 있는 부장님의 얼굴을 촬영한 후, 빨리 이 이벤트를 끝내자.

나는 소리가 나지 않도록 조심조심 문을 열었다. 문이 열리자, 방 안으로 들어갔다.

한 걸음, 두 걸음…… 기적을 죽인 채 살금살금 내 침대로 다가갔다.

내 침대에서는 부장님과 아시아가 곤히 잠들어 있었다.

……부장님은 덮고 있던 이불을 반쯤 걷어냈다. 그 덕분에 관능적인 네글리제가 모습을 드러냈다.

선홍색을 띤 얇은 천으로 만든 네글리제였다. 에로틱해! 섹시한 다리가 대담하게 노출되어 있으며, 어깨끈이 흘러내린 탓에 가슴이 반 이상 드러나 있었다!

가슴! 엉덩이! 허벅지! 이 세 단어를 조합해서 노래도 만들 수 있을 것만 같았다!

다시 한 번 생각했다. 나는 이런 에로틱한 옷차림을 한 누님과 매일 밤 같이 자는구나. 요즘 들어 같이 자는 게 너무 당연해져서, 침대에 들어가면 그대로 자연스럽게 잠들어 버린다.

부장님, 그리고 아시아와 함께 셋이서 자는 게 당연해지고 만 것이다.

지금 생각해보니 부장님은 이런 옷차림으로 자면서 나를 끌어안는구나. 그리고 그 덕분에 나는 부장님의 가슴을 베개 삼아 잘 때도 있었다.

——손만 뻗어도 닿는 곳에 최고의 여자가 있다.

……꿀꺽.

나는 마른침을 삼켰다. 그리고 그 자리에서 머리를 감싸 쥐었다!

매일같이 이렇게 끝내주는 시추에이션에 처했으면서 왜 나는 지금까지 부장님을 덮치지 않은 거지?! 변변치 못한 것에도 정도라는 게 있잖아! 우오오오오오! 한심해! 나는 정말 한심한 놈이야아아아앗!

『효도 대원, 무슨 문제라도 발생했나? 오버.』

시스콤 마왕님의 목소리가 고민에 빠진 내 귓속으로 흘러들어왔다. 아, 맞다. 나는 오빠가면의 말도 안 되는 장난에 어울리고 있는 중이었지.

"아뇨. 청춘의 갈등에 빠져 있었을 뿐이에요. 목표 포착 완료. 지금부터 작전을 실행하겠습니다. 오버."

『라져. 리아스의 얼굴을 찍은 후, 서둘러 귀환하도록. 오버.』

음. 그렇다. 빨리 부장님의 얼굴을 찍은 후, 돌아가자. 뭐, 돌아간다는 표현도 조금 이상하긴 해. 여기는 내 방이니까 말이야.

그건 그렇고, 부장님의 자는 얼굴은 정말 귀엽네. 역시 부장님은 아름답고, 귀여워!

서젝스 님의 '부장님의 자는 모습을 촬영하고 싶다.' 는 생각도 조금은 이해가 되었다. 이 순간을 기록으로 남겨두고 싶은 것이리라. 이 세상에 남기고 싶을 만큼 귀여운 얼굴이긴 해.

그리고 내가 그 역할을 맡아줬으면 한다는 건가. ⋯⋯나쁘지 않을지도 모른다. 나는 무심코 그렇게 생각했다.

내가 카메라를 꺼내 부장님의 얼굴을 찍으려고 한 순간이었다.

부장님이 천천히 눈을 뜨기 시작하셨다!

"⋯⋯어머, 잇세? ⋯⋯왜 그러니?"

부장님은 눈을 비비면서 침대에서 천천히 몸을 일으켰다! 큰일 났다! 깨고 말았어!

당황한 나머지 어떻게 해야 할지 감이 오지 않은 나는 겨우겨우 카메라를 등 뒤로 숨겼다!

"으, 으음, 부장님의 잠든 얼굴이 귀엽다는 생각을 하고 있었어요."

나는 시선을 피하면서 그렇게 말했다. 부장님은 하품을 하면서 미소를 머금었다.

"어머, 갑자기 무슨 소리를 하는 거야?"

부장님은 침대에서 나오더니 나를 끌어안았다! 말카아아아아아앙, 하고 끝내주는 가슴이 내 몸을 압박했다! 부드러워어어어어엇!

우오오오오오옷! 역시 부장님의 가슴은 최고야! 게다가 일어서면서 어깨끈이 완전히 흘러내리는 바람에 네글리제에 감싸여 있던 가슴이, 가슴이 모습을 드러냈어어어엇! 핑크빛 젖꼭지까지 완전히 드러났다고!

부장님은 내 목에 손을 두르더니 나를 향해 얼굴을 내밀면서 중얼거렸다.

"……오늘은 평소와 다른 방식으로 자볼까?"

"펴, 평소와 다른 방식……?"

내가 코피를 줄줄 흘리면서 묻자, 부장님은 "우후후." 하고 관능적인 미소를 지었다!

"응. 평소보다 몸을 더 밀착시키는 거야."

"미, 밀착, 이라굽쇼?"

"응. 우리 둘 다 알몸으로 안고 자는 거야. 실오라기 하나 걸치지 않은 채 몸을 맞대기만 하고 자는 거지. 하지만 예전에 그런 적 있으니까 그렇게 끌리지는 않을지도 모르겠네?"

"……아, 아뇨! 최고예요!"

알몸으로 안고 잔다고요?! 야, 야한 짓은 금지인가요?! 허용인가요?! 그냥 알몸으로 안고 자기만 하는 거죠?! 하지만 우연히 그대로 엄청난 짓을 저지르고 말 가능성도 있을 것 같은뎁쇼?!

그것도 그렇게, 젊은 남녀가 알몸으로 포옹을 한다면, 그 후에 할 거라고는 그렇고 그런 짓밖에 없는 거잖아요!

하지만 나는 오빠가면―― 서젝스 님과 함께 부장님의 잠든 얼굴 촬영 작전을 수행 중이다!

하, 하지만! 이렇게 된 이상 그딴 건 잊어버리고 확 자버리고 싶어! 마왕님! 저, 솔직히 말해, 그냥 이 작전을 내팽개치고 잠을 자고 싶어요! 부장님의 가슴 베개는 최고라고요!

이대로 마음 가는 대로 해도 괜찮을지도 모른다고 생각한 순간――.

『효도 대원. 어떻게 되어 가고 있지? 효도 대원, 아직 촬영하지 않은 건가? 오버.』

오빠가면의 목소리가 인터컴을 통해 내 귀에 흘러들어 왔다.

"……방금, 오라버니의 목소리가 들리지 않았어?"

부장님의 인터컴에서 희미하게 흘러나온 목소리에 반응했다! 지금은 한밤중이니 귀를 기울이면 들릴지도 모른다!

부장님은 도끼눈을 뜨더니 내 몸을 훑듯이 쳐다보았다. 그리고 내 귀에 꽂힌 인터컴과 등 뒤에 있는 카메라를 발견했다!

카메라를 회수한 부장님은 인터컴을 자신의 귀에 꽂았다.

"……이 목소리, 오라버니? 뭘 하고 계신 거죠?"

나를 노려보는 부장님…….

"하아아아아아아암……. 무슨 일이에요~?"

아시아도 깨고 말았다!

서젝스 님, 작전은 실패했어요. 완전 아웃이에요.

― ○ ● ○ ―

"이게 어떻게 된 거죠?"

언짢은 게이지가 절정에 도달한 듯한 부장님이 무시무시한 눈길로 우리를 노려보았다. 그녀의 옆에 있는 아시아는 안절부절 못하면서 이 상황을 지켜보고 있었다. 아시아, 깨워서 미안해.

나와 오빠가면은 최상층에 있는 방 안에서 무릎을 꿇고 있었다.

"우리가 이런 데에는 다 이유가 있단다."

오빠가면이 설명을 시작하려 하자, 부장님은 한탄하듯 한숨을 내쉬었다.

"그 전에 오라버니. 그 가면 같은 복면을 벗으세요."

그 말을 들은 오빠가면은 멋진 포즈를 취하면서 말했다.

"후하하하하! 나는 네 오빠가 아니다, 리아스 그레모리! 나는 『리아땅의 잠든 얼굴을 찍는 부대』 대장, 오빠가면이다!"

"그레이피아…… 새언니를 부를까요?"

부장님이 무표정한 얼굴로 그렇게 말하자, 오빠가면── 서젝스 님은 부리나케 가면을 벗으면서 사과했다.

"이 오빠가 잘못했다, 리아스."

약해! 너무 약하다고, 오빠가면! 그렇게 마누라가 무서운 것이옵니까?!

그리고 서젝스 님은 구구절절한 목소리로 이런 상황에 처한 경위를 이야기했다.

귀여운 여동생의 기록을 남기고 싶었으며, 성장한 여동생이 잠자는 얼굴을 찍고 싶다는 열정을 나에게 맡기고 싶었다는 것까지 이야기했다.

분노할 대로 분노한 부장님의 얼굴은 새빨갛게 달아올랐다. 그걸로 모자라서 온몸을 부들부들 떨기까지 했다.

"……리아스, 왜 그러지?"

서젝스 님은 기묘한 반응을 보이는 여동생을 이상하게 여겼다. 그리고 그 순간, 부장님은 나와 서젝스 님에게 분노를 터뜨렸다!

"오라버니는 얼간이! 잇세는 바보! 잇세가 말만 해줬으면, 나는……. 오라버니와 이런 짓까지 해가면서 내가 잠든 모습을……. 오라버니는 몰라도, 너에게라면 나는……."

부장님은 나를 약간 노려보았다. 그녀의 눈동자에는 희미하게 눈물이——.

휙! 부장님은 빠른 걸음으로 방 밖으로 나갔다.

"아, 리아스 언니!"

아시아가 그녀의 뒤를 쫓았다.

"저, 저기, 나는 안 되는 거니?"

『오라버니는 몰라도』라는 여동생의 말을 듣고 마왕님은 충격을 받은 것 같았다.

"예, 안 됩니다."

——윽! 제삼자의 목소리가 들렸다! 목소리가 들린 방향을 쳐다보니, 공포를 자아내는 무시무시한 아우라를 온몸에 진하게 두른 은발 메이드 여성이 눈에 들어왔다! 그레이피아 씨였다! 어, 어느새 온 거지?!

"서젝스 님, 이야기는 다 들었습니다. 자아, 돌아가시죠."

그레이피아 씨는 서젝스 님의 옷깃을 잡더니 잡아끌었다. 그녀의 발치에는 어느새 전이형 마방진이 전개되었다.

"내, 내가 잘못했어. 용서해줘, 그레이피아."

"이야기는 저택에 돌아가서 듣겠습니다. 그래도 되죠?"

그레이피아 씨는 엄청난 박력을 자아내고 있었다. 그 탓에 서젝스 님의 얼굴은 새파랗게 질렸다!

반성해주세요, 서젝스 님. 좋아, 서젝스 님은 그레이피아 씨에게 맡겨두자. 그리고 부장님은——.

"잇세이 씨. 아가씨께 할 말이 있으시죠?"

그레이피아 씨가 나에게 그렇게 말했다.

"예! 저, 부장님에게 사과해야만 해요!"

그래. 사과해야 해! 아무리 서젝스 님이 시킨 거라고 해도, 내가 부장님에게 허락을 받지도 않고 부장님의 잠든 얼굴을 촬영하려 한 것은 사실이다.

나는 정말 못난 부하야! 부장님도 마음에 상처를 입었을 거야!

내 말을 들은 그레이피아 씨는 옅은 미소를 지었다.

"예. 그러도록 하세요. 자아, 서젝스 님. 저와 함께 명계로 돌아가시죠."

"그, 그래. 그럼 뒷일을 부탁하지, 잇세이 군……. 그런데 나는 이제 어떻게 될까……."

두 사람이 전이하는 모습을 지켜본 후, 나는 서둘러 내 방으로 향했다!

문이 활짝 열려 있는 내 방 안을 들여다보니—— 침대 위의 이불이 부풀어 있었다. 분명 부장님이 저 이불 안에 있는 것이리라.

……나, 너무 무신경했어. 게다가 약간 즐겁기도 했다고. 정말 최악이야! 내 에로틱한 영혼이 부장님의 마음에 상처를 입히

고 말았어!

"……죄송해요."

나는 사과를 하면서 침대에 다가갔다.

"아무리 서젝스 님의 취미 생활에 어울린 거라고 해도, 정말 무신경했어요. ……잠자고 있는 부장님의 얼굴을 사진으로 남기려고 하다니……. 그래도 들어주세요."

나는 솔직한 마음을 밝혔다.

"정말 귀여운 얼굴이었어요! 너무 귀여워서……. 서젝스 님의 마음을 조금이지만 이해했다고나 할까……. 그대로 같이 자고 싶을 정도였어요."

나는 말을 이었다. 지금은 말을 멈춰서는 안 될 것 같다는 생각이 들었다. 이 마음을 부장님에게 밝혀야만 한다. 설령 부장님에게 혼날지라도 내 솔직한 마음만은 전하고 싶다!

"나, 가족이라고 생각했어요. 같이 있으면 마음이 안정되는데다, 앞으로도 한 침대에서 같이 자고 싶어요. 그것은 성적인 의미가…… 아, 성적인 의미이기도 하다고나 할까…… 나, 대체 무슨 소리를 하고 있는 거야……? 그, 그러니까, 꼭 끌어안을 때의 감촉이 끝내준다고나 할까……."

큰일이다! 생각이 계속 이상한 방향으로 빗나가고 있다! 젠장! 답답하네! 그냥 확 말해버려! 용기를 내라고, 나아아아앗!

"앞으로도 한 침대에서 자고 싶어요! 잘 때의 귀여운 얼굴을 나한테만 보여주세요! ——나와 같이 자주세요!"

내 마음을 솔직하게 밝혔다! 하아하아……. 이걸로도 무리라면……. 그럼 내일도 사과하자! 분명 이 마음은 전해질 것이다! 나는 부장님을——.

침대 안에 있는 부장님이 움직였다. 그리고 이불 밖으로 얼굴을 살며시 내밀——.

어, 어, 어어어어어어어어어어어어어어어어어어엇?!

이불 밖으로 나온 상대의 얼굴을 본 나는 너무 놀란 나머지 눈알이 밖으로 튀어나올 뻔했다!

"……서, 설마…… 잇세 선배가…… 저, 저, 저를 그렇게 생각하는 줄은 몰랐어요……."

금발을 지닌 여장 소년—— 남자 후배인 개스퍼였다아아아아아아아아앗!

왜 이 녀석이 여기 있는 거지?! 내가 놀라고 있다는 걸 까맣게 모르는 듯한 개스퍼는 얼굴을 붉히면서 말했다.

"……그, 그 말은 기쁘지만, 그런 건 처음이라서……. 그리고 남자들끼리기도 하고……."

그만해, 개스퍼! 너는 확실히 겉모습이 귀엽기는 하지만, 그래도 남자잖아! 나는 남자한테는 흥미가 없다고!

"대, 대체 네가 왜 여기 있는 거야?!"

"……오, 오늘은 이 집에 묵기로 했어요……. 조, 종이상자만 있으면 어디서든 잘 수 있거든요……. 그래서 이 집 빈방에서 신세를 지고 있어요……."

까맣게 몰랐어! 대체 어느새 그러기로 한 거야?!

그, 그래! 코네코와 이 녀석은 친구 사이잖아! 밤늦게까지 같이 놀다, 그대로 이 집에 묵게 되었다고 해도 이상할 게 전혀 없어! 하지만 왜 내 방에 있는 거야?

"자, 잠이 잘 안 와서…… . 호, 혹시, 잇세 선배가 깨어 있나 싶어서, 여기에 와봤어요…… . 그런데 방에는 아무도 없고, 덩그러니 놓인 커다란 침대를 보니…… 얼마나 푹신푹신한지 궁금해졌어요…… ."

부장님에게 들킨 후, 최상층에 있는 사이에 이 녀석이 이 방에 온 거구나! 맙소사! 나, 나는 부장님이 이 방으로 돌아갔을 거라고 생각했는데!

개스퍼는 각오를 다진 듯한 표정을 짓더니 힘찬 목소리로 말했다!

"저, 저라도 괜찮다면, 잇세 선배와 함께 자드릴게요…… . 하, 하지만, 이상한 짓은 하지 마세요. 저, 저는 남자니까…… ."

"하라고 해도 안 해, 이 멍청아!"

우와아아아아아앗! 말도 안 돼애애애애앳! 이상한 오해를 사고 말았어!

텅!

뭔가가 떨어지는 소리가 등 뒤에서 들렸다. 고개를 돌려보니, 부장님과 아시아가 문 앞에 서 있었다! 바닥에 떨어진 것은 과자가 놓인 쟁반이었다.

"……잇세, 이, 이게 대체 어떻게 된 거야……?"

눈가가 부들부들 떨리기 시작한 부장님이 위험한 아우라를 뿜기 시작했다!

"부, 부장님! 아시아! 대, 대체 어디 갔던 거예요?!"

"부엌에 갔어요. 리아스 언니가 '이럴 때는 과자라도 씹어 먹으면서 스트레스를 풀래!' 라고 하셔서……."

아시아가 어떻게 된 것인지 말해줬다! 맙소사! 부엌?! 스트레스가 쌓인 부장님은 과자로 그 스트레스를 풀려고 한 거구나! 그래서 방에 바로 돌아오지 않은 거야!

부장님은 온몸을 부들부들 떨더니── 날카로운 눈빛으로 나를 노려보았다!

"오라버니와의 일! 개스퍼와의 일! 내일 아침까지 추궁할 거니까 각오해, 잇세!"

"예, 예에에에에에에에에에엡! 잘못했습니다아아아아아아아앗!"

결국 내가 아침 해가 뜰 때까지 사과한 끝에야 오해는 풀렸다.

이제 다시는 서젝스 님의 취미에 어울리는 건 사양하고 싶지만, 앞으로도 이리저리 휘둘리게 될 것 같은 느낌이 들었다.

그레이피아 씨, 도와줘요오오오오옷!

Life.3 스톱!! 유우토 군!

제 이름은 개스퍼 블라디.

그날, 제가 눈을 떠보니——눈앞에는 평소와 다른 세계가 펼쳐져 있었어요.

학교에서 하루 지내고 알게 된 것은, 저를 제외한 다른 사람들의 성별이 바뀌었다는 거예요. 남자였던 클래스메이트는 여자로, 그리고 여자는 남자로 바뀐 거죠.

정말 불가사의하기 그지없는 이 세계에서 저만은——성별이 바뀌지 않았어요. 즉, 여전히 남자더라고요. 으음, 어째서 그런 걸까요? 잘 모르겠어요. 그것보다 왜 저만 이런 이상한 세계에 있는 거죠?

수업이 끝난 후, 오컬트 연구부에 가보니…… 그곳에는 남자들만 잔뜩 있었어요!

"어! 개스퍼, 이제야 왔구나!"

붉은 머리카락을 지닌 미청년이 누구인지는 바로 알아봤어요!

리아스 부장님이에요! 우와~, 남자가 되면 이렇게 멋져지는군요! 훤칠한 키에 붉은 머리카락, 그리고 푸른 눈동자! 남자조차도 반하고 말 만큼 아름다운 얼굴에서 저는 눈을 떼지 못했어요!

"아, 개스퍼도 차 한 잔 하겠어?"

검은 머리카락을 지닌 쿨한 느낌의 아름다운 형! 호, 혹시 아케노 씨? 우와! 쿨한 분위기와 행동거지가 정말 멋져요!

"어이, 개스퍼. 남자면 남자답게 시원시원하게 행동하라고. 안 그러면 확 베어버린다?"

"제노비아 군도 참. 그러는 너야말로 항상 늘어져 있잖아?"

머리카락 일부분을 녹색으로 염색한 와일드한 느낌의 형과, 차분한 분위기를 지닌 금발 청년. 호, 호, 혹시…… 제노비아 선배와, 아시아 선배인 걸까?!

우, 우와! 제노비아 선배는 남자가 되면 스포티한 느낌의 근육질 남성이 되는군요! 소파에 와일드한 자세로 앉아서 늘어진 표정을 짓고 있어요. 그리고 아시아 선배는 남자가 되었더니 얼굴선이 가늘고 상냥한 느낌의 형이 되었어요!

"제노비아! 아시아! 전에 말했던 그 만화를 구했어! 자, 봐! 『사무라이 바티칸』! 혼노지에서 죽은 줄 알았던 오다 노부나가가 바티칸으로 전이(轉移)되어서 날뛴다고!"

밤색 머리카락을 지닌 저 남자는—— 이리나 선배? 남자가 되어도 활기찬 건 여전하네요.

"오오. 잘했어, 이리나."

"고마워, 이리나 군."

세 사람의 대화를 들어보니 이름은 그대로인 것 같네요.

그렇다면 코네코도 남자가 된 걸까요? 아기 고양이 같은 코네코는 어떤 남자로 변했을까요? 역시 조그마한 몸집의 귀여운 남자애가 되었겠죠? 교실 안을 둘러보지 않은 만큼 좀 신경 쓰여요.

교실 안을 둘러본 순간──「와득!」, 「와득!」 하는 괴상한 소리가 들렸어요.

그 소리가 들린 곳을 쳐다보니── 거, 거, 거거거, 거기에는 거구의 남성이 있었어요! 고양이 귀와 꼬리가 달렸어요! 서, 서, 서, 서, 설마…….

몸집이 2미터 정도 될 듯한 거구의 고양이 귀 남성이 튼튼해 보이는 치아와 턱으로 티본스테이크의 뼈 같아 보이는 것을 과자 먹듯 씹어 먹고 있어요…….

그런 그에게 다가간 부장님은 웃음을 터뜨리면서 말을 걸었어요.

"또 뼈를 씹어 먹고 있는 거야? 칼슘과 단백질을 과잉 섭취하는 거 아냐?──다이네코 님."

──윽! 다, 다이네코…… 님?!

거, 거짓말……. 저 우락부락한 남성이…… 코네코?! 게다가 부장님이 이름 뒤에 「님」 자를 붙여가면서 부르고 있어!

……손가락 하나하나도 엄청 두껍네……. 저, 저는 너무 큰 충격을 받은 나머지 부들부들 떨기 시작했어요……. 제 소중한 친구인 코네코가…… 거한이 되어버리다니!

"나 왔어요~."

힘찬 목소리로 인사를 건네면서 부실 안으로 들어온 이는── 잇세 선배?! 게다가 남자예요! 저, 저와 마찬가지로, 성별이 바뀌지 않았네요! 어, 어떻게 된 걸까요…….

"안녕하세요."

잇세 선배와 함께 부실에 들어온 이는—— 정말 아름다운 여성이에요! 대, 대체 누구일까요……. 머리카락이 길 뿐만 아니라 정말 부드러워 보여요. 손발도 가늘고 호리호리——한 줄 알았는데 가슴은 꽤 풍만한 것 같네요. 잇세 선배가 좋아할 것 같은 청초한 느낌의 언니예요.

아, 눈이 마주쳤어요. 그 미인 누나는 미소를 머금으며 저에게 말을 걸었어요.

"안녕, 개스퍼 군."

부실 안이 남자들로 득시글대기 때문인지, 이 사람의 미소가 한층 더 빛나는 것처럼 보여요.

"아, 안녕하세요…… 선배……?"

누구인지 모르기에 일단 「선배」라고 불렀어요. ……1학년은 저와 코네코…… 다이네코뿐이니 잘못된 호칭은 아닐 거라고 생각하지만…….

부장님이 잇세 선배와 정체불명의 미소녀 선배를 쳐다보면서 입을 열었어요.

"좋아. 잇세와 유미도 왔으니 회의라도 할까?"

——윽!

유, 유, 유, 유미? 호, 호, 혹시, 유우토 선배인가요?!

「코네코=다이네코」 다음으로 충격적이에요! 유우토 선배, 이쪽 세계에서는 이렇게 멋진 미소녀인 거군요!

경악할 만한 사실을 연달아 알게 된 후, 오컬트 연구부의 회의는 시작되었어요.

− ○ ● ○ −

"2학년이 수학여행을 가기 전에 문화제 때 뭘 할 건지 정해야만 할 것 같아."

부장님이 자료를 보면서 말했어요.

회의 내용은 가을에 개최되는 문화제에 관한 것이에요. 제가 있던 세계와 시간축은 같은 것 같아요.

아니, 그것보다 왜 저만 이쪽 세계에 있는 걸까요? 혹시 어딘가의 신이 '그쪽 세계보다 이쪽 세계가 너에게 어울려.' 같은 생각으로 저만 이쪽 세계로 보낸 걸까요?

가장 큰 의문점은 저와 잇세 선배만 성별이 바뀌지 않았다는 거예요. 혹시, 잇세 선배도 저와 마찬가지로 다른 세계에서 온 건⋯⋯.

"어이, 개스퍼. 한눈팔지 마."

으으⋯⋯. 부장님에게 혼나고 말았어요. 부장님은 이쪽 세계에서도 여전히 엄격하신 것 같아요.

"역시 메이드 카페를 해요, 메이드 카페! 가슴 큰 여자애들을 모아서 젖가슴 메이드 카페를 하는 거라고요! 그게 안 되면 에로 코스프레 촬영회도 좋아요!"

잇세 선배는 손을 번쩍 들면서 힘찬 목소리로 그렇게 말했어요.

잇세 선배가 엉큼한 건 이쪽 세계에서도 마찬가지인 것 같네요. 안심했어요. 엉큼하지 않은 잇세 선배는 상상조차 하고 싶지 않거든요.

"아, 그거 괜찮네. 역시 잇세라니까."

제노비아 선배는 찬성인 것 같아요. 남성이 되어서 그런지 그런 걸 좋아하는 것 같네요.

"안 돼! 너무 상스럽단 말이야!"

아시아 선배는 얼굴을 새빨갛게 붉히면서 거부했어요. 아시아 선배는 남자가 되었는데도 그런 걸 싫어하는 것 같네요.

"하지만 실행할 수만 있다면 매상은 꽤 올릴 수 있을 것 같네."

아케노 씨는 쿨한 미소를 지으며 그렇게 말했어요.

"하지만 우리 중에 메이드를 할 만한 사람은 유미뿐이잖아."

이리나 선배가 그렇게 말하자 부원들의 시선이 유미── 유우토 선배에게 집중됐어요.

"……으음, 여러분이 원한다면 하긴 하겠지만……."

유미 선배는 다소 난처한 표정을 지으면서 긍정적인 답변을 해줬어요. 남자일 때의 유우토 선배도 거절할 줄을 모르는 타입이었는데, 여자가 되어도 그 점은 변하지 않은 것 같아요.

그 말을 들은 잇세 선배는 엉큼한 표정을 지으며 유미 선배의 가슴을 쳐다봤어요.

"정말?! 메이드복을 입은 유미는 정말 끝내줄 거야……. 우히히, 가슴 쪽이 깊게 파인 의상을 희망하겠습닷!"

"저, 정말……? 잇세 군이 보고 싶다니, 나, 입어볼까……."

유미 선배는 잇세 선배의 말을 듣고 얼굴을 새빨갛게 붉혔어요. 따, 딱히 싫어하는 것 같지는 않네요.

"분위기가 흐트러진 것 같네. 다이네코 님, 철권제재(鐵拳制裁)를 부탁해."

부장님이 그렇게 말하자―― 다이네코 님이 자리에서 일어났어요!

"예스, 보스."

웬 영어?! 그런 의문이 머릿속에 떠오른 순간, 다이네코 님은 두꺼운 손으로 의자에 앉은 잇세 선배를 꽉 잡더니 브리지를 하듯 단숨에 뒤쪽으로――! 이, 이건 프로레슬링 기술 중 하나인 백드롭 맞죠?!

콰앙!

잇세 선배는 커다란 소리를 내면서―― 바닥에 머리를 찧었어요. 정확하게 말하자면 바닥에 뚫린 구멍에 머리가 박혀 있어요! 바닥에 잇세 선배가 자라 있는 것만 같아요.

……정말 보기만 해도 소름이 돋는 광경이에요.

"후지야마, 스시, 게이샤."

다이네코 님은 일본어 단어를 입에 담으면서 정체불명의 뼈를 과자 씹듯 씹고 있어요. ……이 사람이 정말 이쪽 세계의 코네코인 걸까요……? 다른 사람 같아 보여요!

"잇세 군!"

유미 선배는 잇세 선배를 바닥에서 뽑더니 무릎베개를 해주면서 간호했어요. 유미 선배는 잇세 선배를 진심으로 걱정하고 있는 것처럼 보여요.

"부장님. 잇세 군을 너무 괴롭히지 말아 주세요. 저라도 괜찮다면 메이드복을 입을게요."

유미 선배는 잇세 선배의 머리를 쓰다듬으면서 부장님에게 그렇게 말했어요.

"유미, 너는 잇세에게 너무 물러. ……뭐, 나도 개인적인 감정에 왈가왈부할 생각은 없어."

부장님이 의미심장한 목소리로 그렇게 말하자, 유미 선배의 얼굴이 순식간에 홍당무가 되었어요. 이, 이, 이거, 혹시, 그렇고 그런 건가요……?

"저, 저는, 그, 그게……."

유미 선배는 볼을 붉힌 채 딱딱하게 굳어버렸어요. 역시 유미 선배는 잇세 선배를——.

당사자인 잇세 선배는 여전히 기절 중이에요.

"정말, 왜 하필이면 잇세에게 반한 거야. 이 부에는 이렇게 멋진 남자가 많은데……."

제노비아는 어이가 없다는 듯한 눈으로 쳐다보면서 투덜댔어요.

"뭐, 나는 잘 어울린다고 생각해."

"그래. 아시아의 말이 맞아. 잇세에게는 유미처럼 똑 부러지는 애가 어울린다고 생각해."

아시아 선배와 이리나 선배는 두 사람의 사이를 인정해주고 있는 것 같아요.

"어라라. 리아스. 우리 부에서 애정 사업이 한창 진행되고 있는 것 같은걸?"

"뭐, 내가 자랑하는 권속들이 사귀는 거잖아. 주인으로서 불만은 없어."

아케노 씨와 부장님도 두 사람을 지켜보고 있는 것 같아요. 와아, 왠지 저쪽 세계보다 그런 쪽 관계가 더 진행된 것 같네요. 왠지 즐거워요.

미남들에게 둘러싸인 유미 선배도 신선한 느낌이라 재미있을지도 모르겠어요!

부장님은 헛기침을 한 후, 다시 본론에 들어갔어요.

"자아, 문화제 말인데…… 코스프레, 메이드 카페 같은 것도 나쁘지는 않다고 생각해. 하지만 우리 부에 여자는 유미밖에 없어. 유미는 충분히 매력적인 여성이지만 혼자서 전부 다 하는 것은 무리일 뿐만 아니라 무모하지. 솔직하게 말해 일손이 너무 부족하다고."

"네가 남자만 모아서 이렇게 된 거잖아. 자기 권속에 아름다운 꽃을 더하자는 생각은 못 한 거야?"

아케노 씨는 부장님에게 날카로운 딴죽을 날렸어요. 그 말을 들은 부장님은 입술을 삐죽 내밀면서 반론했어요.

"그게, 강한 권속을 휘하에 두는 게 꿈이었거든. 그래서 잘난 남자 군단을 만들어보고 싶었던 것뿐이야. 그리고 너는 잔소리가 너무 심해."

"이래 봬도 나는 네 『퀸』이거든. 귀찮을 정도로 잔소리를 해대야 내 맡은 소임을 다하는 거라고 생각해.”

“으으, 너란 녀석은 정말 말꼬리 잡는 건 도사라니까.”

……후후후. 이쪽 세계의 저 두 분도 재미있는 관계네요. 성별이 변해도 부장님과 아케노 씨의 관계는 변함이 없어요. 부장님이 때때로 무리한 소리를 하면 아케노 씨가 날카로운 딴죽을 날리죠. 그리고 가볍게 말다툼을 벌인 후, 최종적으로는──.

“뭐, 주인인 네 의견을 무시할 수야 없지. ──메이드 카페와 코스프레 건에 관해 선생님과 상담해보겠어.”

“역시 내『퀸』! 사랑해, 아케노!”

부장님은 아케노 씨의 목에 팔을 두르더니 환한 미소를 지었어요. 봐요. 역시 이 두 사람의 의견은 일치한다니까요.

바로 그때였어요. 복도에서 엄청난 기세로 이 부실을 향해 다가오는 누군가의 발소리가 들렸어요.

쾅!

문을 힘차게 열면서 안으로 들어온 이는── 흰색 가운을 걸친 흑발 여성이에요!

“나한테 좋은 방법이 있어!”

“자, 잠깐만요, 아자젤 선생님! 좀 기다리라고요! 정말, 따라다니는 것조차도 힘든 사람이라니까요…….”

그리고 은발 남성이 숨을 헐떡이면서 그녀의 뒤를 따라오고 있었다.

……아, 아자젤 선생님? 그럼 저 여성이 아자젤 선생님인 건가요?! 그럼 뒤편에 있는 은발 남성은 로스바이세 씨인 거네요!

"마침 잘됐네. 아자젤 선생님, 문화제 때 우리 부는 카페를 하고 싶어. 하지만———."

"여성이 부족한 거지? 나만 믿어! 내가 금방 해결해줄게!"

부장님의 말을 막은 선생님이 힘찬 목소리로 그렇게 말했어요.

"이걸 봐!"

선생님이 흰색 가운에서 수상쩍은 스위치를 꺼내더니, 그것을 눌렀어요. 그러자———.

위잉.

부실 바닥의 일부가 열렸어요! 선생님, 또 우리 몰래 이런 장치를 멋대로 이 건물에 설치한 거군요!

바닥에서 나온 것은——— 실험대 같은 것이에요. 그 위에는……
만화책이나 애니메이션에 나오는 불가사의 광선총처럼 생긴 물건 하나가 놓여 있었죠.

선생님은 그것을 쥐더니 우리를 향해 들었어요.

"이건 바로 성전환 빔총이야! 이 총에 맞으면 남자는 여자로! 여자는 남자로 성전환되는 거야! 이걸 쓰면 오컬트 연구부의 땀내 나는 남자들도 전부 미소녀로 변신할 수 있어!"

"""오오."""

그 말을 들은 우리는 선생님에게 박수를 보냈어요.

"멋진 총이네요! 역시 아자젤 선생님이에요!"

어느새 부활한 잇세 선배는 희망으로 가득 찬 눈길로 선생님을 칭찬했어요.

"그럼 시험 삼아…… 에잇!"

삐잇!

선생님이 갑자기 아케노 씨를 향해 빔을 쐈어요. 그 빛에 맞은 아케노 씨의 체형은 점점 변하더니—— 빛이 그쳤을 즈음에는 제가 기억하고 있는 여자 아케노 씨로 바뀌어 있었어요! 교복도 남학생용 교복에서 여학생용으로 바뀌었어요! 타천사의 과학력은 정말 엄청나네요!

"""우와~!"""

우리는 그 모습을 보고 환성을 질렀어요.

"아, 아케노……. 너, 너, 엄청난 미인이 됐잖아……."

부장님은 볼을 붉히면서 그렇게 말했어요.

"저, 정말이야? 으음, 거울이……."

아케노 씨는 부실에 비치되어 있는 거울에 비친 자신의 모습을 봤어요.

"흑발 포니테일이라……. 가슴도 엄청나네. 이렇게 크니 무거울 지경이야."

아케노 씨는 커다란 가슴을 흥미롭다는 듯이 만져봤어요.

"어이, 아케노. 그 외모에 그 말투는 좀 아니잖아. 청초하고 가련한 느낌이니까 동양미인 같은 느낌이 드는 정중한 말투를 쓰는 건 어때?"

부장님이 그런 의견을 제시했어요.

"음, 그것도 그렇군. 으음, 나…… 저는 히메지마 아케노라고 한……답니다. 여러분, 잘 부탁드려요. 우후후. 이런 느낌은 어때?"

우와, 저쪽 세계의 아케노 씨와 똑같아요! 행동거지까지 비슷해요!

"아케노 선배, 진짜 귀여워요!"

"귀여워!"

"동양미인! 최고야!"

"나랑 사귀자~!"

아케노 씨를 본 남자들 모두가 흥분했어요!

"다음은 나야."

제노비아 선배가 그렇게 말하자, 선생님은 선배를 향해 빔을 쐈어요.

빛이 사그라들자, 원래의 제노비아 선배가 모습을 드러냈어요.

"오오, 내 가슴도 상당하잖아. 으음, 거시기가 없으니 좀 허전한 느낌이지만, 익숙해지면 꽤 움직이기 편할 것 같군."

사, 상스러운 표현은 금지예요~!

다음은 부장님이 나섰어요.

"그럼 주인인 나도 여자가 되어보도록 할까? 선생님, 잘 부탁합니다!"

"나만 믿어, 리아스!"

삐잇!

부장님도 선생님이 만든 총에서 뿜어져 나온 빔에 맞고──붉은 머리카락을 지닌 아름다운 여성으로 변신했어요.

아아, 내가 아는 부장님이에요~! 역시 리아스 부장님은 이 모습이 최고라고 생각해요!

부장님은 거울에 비친 자신의 모습을 보면서 머리카락을 만지 작거렸어요.

"흐음, 내가 여자가 되면 이런 모습이 되는 거구나. 긴 머리카 락에…… 가슴도 큰걸. 남자에게 인기 있을 것 같은 외모군. 하 하하. 내가 이런 여자애라면 아버님과 어머님도 나를 눈에 넣어 도 아프지 않을 만큼 귀여워하셨을지도 몰라."

부장님은 그렇게 말하면서 웃었어요.

"나도 좀 품격 있는 말투를 써볼까? 어험. 으음, 반갑구나. 나 는 리아스 그레모리. 그레모리 가문의 차기 당주란다. 앞으로 잘 부탁해. 자아, 나의 귀여운 권속들. 나와 함께 게임에 참가하 자꾸나. ──어때?"

우리는 부장님의 말을 듣고 감탄의 한숨을 내쉬었어요. 그 말 투가 정말 잘 어울렸기 때문이에요.

저쪽 세계의 부장님과 비교해도 전혀 손색이 없는 모습이었 어요.

──하지만 한 사람, 입을 반쯤 벌린 채 부장님을 뚫어져라 쳐 다보고 있는 이가 있어요. ──잇세 선배예요.

그런 잇세 선배를 본 부장님은 선배에게 다가가더니 그의 눈 앞에 든 손을 흔들었어요.

"어이, 잇세. 왜 그러지? 어이."

부장님의 말을 듣고서야 정신이 든 잇세 선배는 부장님의 손 을 꼭 잡았어요.

"부, 부, 부장니이이이이이이임!"

"왜, 왜 갑자기 고함을 지르는 거야……?"

"부, 부장님의 지금 모습! 내가 상상해온 이상적인 여성상과 똑같아요! 나, 나랑 사귀어주세요!"

우와~! 느닷없이 고백을 했어요! 부장님도 놀랐는지 눈을 동그랗게 떴어요. 하지만 잇세 선배는 진심인 것 같아요. 이, 이제 어떻게 되는 걸까요……? 저쪽 세계에서도 이런 일은 없었어요!

바로 그때, 누군가가 당황한 부장님과 흥분한 잇세 선배에게 다가가──.

퍼억.

잇세 선배의 머리에 철제 몽둥이가 꽂혔어요. 몽둥이에 머리를 맞은 잇세 선배는 그대로 바닥에 쓰러졌죠. ……저, 정말 아파 보여요.

그 몽둥이를 휘두른 사람은…… 유미 선배! 눈가에 눈물이 잔뜩 맺힌 선배는 철제 몽둥이를 쥐고 있었어요.

"잇세 군은…… 바보! '내 이상형은 유미야.' 하고 전에 말했으면서! 이제 꼴도 보기 싫어요!"

그렇게 말한 유미 선배는 부실 밖으로 뛰쳐나갔어요!

잇세 선배는 바로 일어났어요.

"유, 유, 유미! 기다려! 오해하지 마! 그때 했던 말도 진심이라고! 기다려줘어어어엇!"

아아, 잇세 선배는 유미 선배를 쫓아가 버렸어요. 아무래도 저 두 사람의 사이는 저쪽 세계에서보다 복잡한 것 같아요.

바로 그때, 선생님의 시선이 나를 향했어요.

"……저기, 개스퍼. 이쪽으로 좀 와줄래?"

"예? 무, 무슨 일이죠……?"

선생님이 저를 향해 손짓하고 있었어요. 부원들은 여체화된 자신의 모습에 빠진 탓에 선생님과 저한테는 전혀 관심이 없는 것 같아요.

선생님은 저를 부실 구석으로 데리고 가더니, 낮은 목소리로 말했어요.

"……너, 혹시 여전히 남자냐? 그러고 보니 저 녀석들이 여자가 됐을 때, 너는 반응이 약했잖아. 설마, 기억까지 그대로인 거냐?"

선생님은 저쪽 세계의 말투로 말했어…… 잠깐, 서, 설마!

"……선생님도 저쪽 세계의 기억을 가지고 있는 거예요?"

"아니, 그게 실은…….."

선생님은 머리를 긁적이면서 고백했다.

"내 실험이 실패한 바람에 이 세계의 성별이 뒤바뀌고 말았지. 기억까지 포함해서 말이야. 게다가 나까지 여자가 되고 말았다고."

"그, 그럼 이 사태는 선생님이 일으킨── 우읍!"

제가 말을 끝까지 잇기도 전에 선생님이 제 입을 막고 말았어요!

"……목소리 낮춰. ……뭐, 그렇게 된 거다. 내가 일으킨 사건에 매번 휘말리게 해서 미안하구나. 하지만 나도 이렇게 될 줄은 몰랐다고."

"잇세 선배는 왜 여자가 되지 않은 거죠?"

"글쎄. 그 녀석은 적룡제에 찌찌 드래곤이잖아. 또 불가사의한 찌찌파워라도 발휘한 걸지도 몰라. 뭐, 덕분에 키바와 즐거운 연애 놀이 중이지."

크크큭, 하고 웃음을 흘리는 선생님. 원흉인데도 불구하고 반성하는 기미가 전혀 없네요.

"어떻게 할 거죠? 워, 원래대로 되돌릴 수는 있는 거죠……?"

"물론이다. 일단 이 광선총이 완성되어서 한 사람 한 사람 맞춰봤는데…… 기억까지는 돌아오지 않는걸."

"그럼 또 실패한 거잖아요!"

"내가 어떻게 할 테니까 너무 그러지 말라고. 맞아. 이 기회에 너도 성별을 바꿔보지 않겠어? 여자가 되어보는 거야. 전부터 동경했었지?"

선생님은 감언이설로 저를 꼬드겼어요. 확실히 저는 여자를 동경하고 있지만……. 어, 어쩌죠. 어쩌면 좋을까요? 저도, 가, 가, 가, 가슴이 가지고 싶기는 한데…….

저는 가슴에 손을 댄 채 말했어요.

"저, 저도 가슴이 가지고 싶어요."

"좋아. 그럼 잘됐군. 미사일 가슴을 만들어주지. 미사일처럼 발사되는 가슴이야."

발사되는 미사일이 제 뇌리를 스치고 지나갔어요! 선생님은 총의 다이얼을 빙글빙글 돌리기 시작했어요! 광선총을 조작하고 있는 것 같아요! 이대로 있다간 제 가슴이 미사일 같은 병기가 되고 말 거예요~!

"그, 그런 말도 안 되는 가슴은 필요없어요오오오오오옷!"

"뭐? 으음, 그럼 우주까지 날아갈 수 있는 로켓 가슴은 어때? 크고 앞으로 쑥 튀어나온 가슴을 로켓 가슴이라고 하잖아? 이름만이 아니라 실제로 로켓처럼 대기권을 돌파해 지구 밖으로 나갈 수 있는 가슴을 달아주마."

"미사일이랑 별 차이 없잖아요오오오오오옷! 저, 우주 뱀파이어가 되고 싶지는 않아요! 아니, 태양에 더 가까워지게 될 테니 먼지가 되어버릴 것 같아서 무섭다고요오오오오옷!"

싫어요! 뱀파이어인 저는 우주에 가고 싶지 않아요! 일부러 로켓으로 우주까지 가는 건 태양 직화구이가 되러 가는 거나 다름없다고요오오오옷!

"정말 안 된다는 게 많은 녀석이군. 어쩔 수 없지. ——대흉근으로 만족해. 저기 있는 코네코처럼…… 다이개스퍼가 되라고."

"예에에에에에에에에에에에엣?! 저, 저, 저, 저, 저, 티본스테이크의 뼈를 씹어 먹는 여장 사나이가 되어버리는 거예요?!"

문득 다이네코 님과 시선이 마주쳤어요.

으득으득.

또 강인한 턱과 치아로 뼈를 씹어 먹고 있어요오오오오옷! 싫어요! 주식이 고기와 뼈라니! 저, 저, 저는, 이래 봬도 채소도 먹고 싶어 하는 뱀파이어라고요오오오옷! 아무리 치아와 턱이 뱀파이어의 생명이라고 해도, 그런 건 필요 없다고요오오오옷!

그리고 선생님이 광선총으로 저를 조준——.

— ○ ● ○ —

"——퍼."

……으음, 저를 부르는 목소리가…….

"개스퍼, 일어나."

……눈을 떠보니…… 눈에 익은 소녀가 있었어요. 몸집이 조그마한 소녀—— 코네코예요!

"……코, 코네코오오오오오오!"

저는 무심코 코네코를 끌어안았어요. ……왜냐면, 왜냐면!

"……진정해, 개스퍼. 무슨 일이야? 안 좋은 꿈이라도 꾸는 것 같던데……. 괜찮다면 나한테 이야기해줘."

코네코는 제 머리를 쓰다듬으면서 저를 달랬어요. 으으, 진짜 코네코예요. 다이네코 님이 아니에요.

다행이에요. 그건…… 제가 부실에서 꾼 꿈이었던 것 같아요.

저는 방금 꾼 꿈의 내용을 코네코에게 말했어요. 코네코는 흥미 있다는 듯이 제 이야기에 귀를 기울였어요.

저는 방과 후에 부실에 가장 먼저 와서 기다리다 깜빡 잠이 든 것 같아요. 그리고 그동안 이상한 꿈을 꾼 것 같네요. ……선생님의 이야기는 정말 리얼하게 들렸지만요. 그것도 꿈이라서 다행이에요.

주위를 둘러보니 다른 부원들도 다 부실에 와서 담소를 나누고 있었어요.

다행이에요. 다들 평소와 똑같아요.

바로 그때였어요. 제 귀에──오독오독하고 뭔가를 씹는 소리가 들렸어요. 머뭇거리면서 소리가 들리는 쪽을 쳐다보니……코, 코네코가 티본스테이크의 뼈를 씹어 먹고 있었어요!

"……요즘 턱 힘이 약해진 것 같아서 이런 걸 씹으며 단련하고 있어."

싫어어어어어어어어어엇! 그, 그만해애애애애, 코네코오오오오오오오오! 그러다간 다이네코 님이 될 거야!

그리고 또 문이 열리더니 누군가가 안으로 들어왔다.

"여어, 너희! 이번에 괜찮은 걸 개발했어!"

아자젤 선생님이에요! 다행히 남성이에요. 선생님이 손에 든…… 광선총 같은 것을 우리에게 보여주듯 가볍게 흔들어 보였어요. 그, 그건…….

"이건 말이야. 성별을 바꿔주는 빔을 쏠 수 있는 총이다. 남자가 여자로, 여자가 남자가 될 수 있지."

잇세 선배는 그 말을 듣고 흥분했어요.

"진짜요?! 우와~! 역시 선생님! 좋아, 키바! 빨리 맞아봐!"

"뭐? 나?"

유우토 선배는 손가락으로 자기 자신을 가리켰어요. 그러자 선생님은 유우토 선배를 향해 총을 들었어요.

"좋아, 키바. 여자가 한번 되어보라고. 뭐, 걱정하지 마. 이번에는 실패하지 않을 거다."

…………이, 「이번에는」? ……호, 혹시, 그 말은…….

저와 선생님의 시선이 마주쳤어요. 그러자 선생님은 의미심장한 미소를 지었어요오오오옷!

"내 말이 무슨 뜻인지 알지, 개스퍼?"

히이이이이이이이이이익!

저는 그날, 여러 가지 이유로 한숨도 자지 못했어요!

참고로.

여자가 된 유우토 선배를 보고 엄청 흥분한 잇세 선배는 남자가 된 부장님과 아케노 씨에게 갈굼을 당했어요.

Life.4 젖룡제 만유기

어느 날의 방과 후.

"가짜 찌찌 드래곤······이라고요?"

부실에서 부장님에게 그 이야기를 들은 나는—— 아니, 나를 비롯한 오컬트 연구부 멤버들은 미심쩍은 표정을 지었다. 그럴 만도 해. 뜬금없이 『가짜 찌찌 드래곤』이 나타났다는 보고를 들었으니까 말이야······.

우리를 베껴 만든 캐릭터들이 활약하는 예의 특촬 방송 『젖룡제 찌찌 드래곤』 덕분에 우리는 명계에서 꽤 유명했다. 캐릭터 상품까지 팔리고 있으며, 저작권을 지닌 그레모리 가문은 꽤 짭짤한 수입을 올리고 있다고 한다.

부장님은 한숨을 내쉬면서 말했다.

"그래. 그레이피아의 보고에 따르면 명계—— 그레모리 령의 변경에서 『찌찌 드래곤』을 자처하는 자들이 악당 퇴치를 하고 있다고 해. 『자들』이라는 말을 통해 알 수 있겠지만, 가짜 잇세뿐만 아니라 나와 코네코, 유우토를 자처하는 녀석들도 있는 것 같아."

우리를 자처하는 녀석들이 악당 퇴치······라. 악당을 해치우는 것 자체는 나쁜 일이 아니지 않나······?

"우리의 가짜가 돌아다닌다는 건 좀 그렇지만, 나쁜 짓을 하는 게 아니라 악당들을 퇴치하고 다니는 거라면 딱히 문제는 없을 것 같은데요?"

내 말을 들은 부장님은 고개를 저었다.

"그렇지 않아. 범죄를 저지른 자를 잡는 건 좋은 일일지도 모르지만, 그 녀석들이 악인에게 이기든 지든 이런저런 소문이 돌게 될 거야. 『찌찌 드래곤이 삼류 악당에게 졌다』 같은 소문이 돈다면 잇세도 곤란하겠지? 이상한 원한을 사게 될 수도 있으니 우리에게 좋을 게 없어."

확실히 그건 맞는 말이었다. 나는 지지 않았는데, 내 가짜가 악당에게 져서 내 평판이 떨어질 수도 있는 것이다. 게다가 내 가짜에게 이긴 악당이 나한테 이겼다고 떠들고 다니는 것도 마음에 안 들어.

'나는 그 찌찌 드래곤에게 이겼다고!' 같은 소리를 하면서 다니는 놈이 나타나기라도 하면 엄청 짜증 날 거야.

부장님은 이마에 손을 대면서 말했다.

"이건 명계의 매스컴에도 알려지지 않은 극비 정보야. 그러니 소문이 퍼지기 전에 우리가 해결하자. 다른 사람들에게 알려졌다간 여러모로 골치 아플 수도 있는 데다, 찌찌 드래곤의 저작권을 가지고 있는 건 그레모리 가문이잖니. 가짜 박멸 및 단속을 철저하게 할 수밖에 없어. 게다가 그레모리 령에서 그런 사건이 터지는 것을 차기 당주로서 못 본 척할 수는 없어."

그것도 그렇다. 그레모리 령은 장래에 부장님의 관할이 될 것이다. 자신의 영토가 될 장소를 이럴 때 관리해두지 않으면 상급 악마로서의 지도력을 의심받을지도 모른다.

"……그 가짜들에게는 꽤 관심이 있어요."

"어머어머, 코네코도 참. 자기 가짜에게 적개심을 불태우고 있네요."

코네코와 아케노 씨가 그렇게 말했다.

……참고로 살기를 불태우고 있는 코네코는 내 무릎 위에 있었다. ……그러고 보니 코네코를 참고해 만든 캐릭터는 방송에서 찌찌 드래곤의 귀여운 도우미 『헬캣』이다. 자신의 가짜가 제대로 된 녀석일 리가 없다고 생각하나 보네…….

"내 가짜라. 그러고 보니 나는 방송에서 악역인 『다크니스나이트 팽』이잖아. ……대체 어떤 녀석일까?"

키바는 고개를 갸웃거렸다. 그렇다. 키바를 참고해 만든 캐릭터는 『찌찌 드래곤』에서 악당 간부다.

그런데 내 가짜는 어떤 녀석일까? 『찌찌 드래곤』 변신 세트도 명계에서는 팔리고 있다니까, 어쩌면 변신 세트를 입은 아저씨일지도…….

나는 그런 한심한 망상을 하면서 가짜와 대면하는 날을 기다렸다.

─○ ● ○─

그리고 그날은 찾아왔다.

우리는 명계에 도착한 후, 전이형 마방진→하늘을 나는 그리폰으로 가짜가 출몰한다는 지역으로 이동했다. 그곳은 그레모리 령의 변경에 있는 시골이다.

우리는 여기에 오기 위해 커다란 산과 강을 그리폰을 타고 넘었다. 그리고 도착한 시골은 풍차와 보리밭, 그리고 경치 좋은 산을 주위에 둔 곳이었다.

인적은 거의 느껴지지 않았다. 길도 포장된 곳과 지면이 노출된 곳이 섞여 있었다.

꽤 낡아 보이는 가게도 몇 개 정도 있는 것 같았다. 백화점이나 편의점 같은 것은 없어 보였다. 진짜 시골이군.

"이 마을은 보리와 전통 공예품이 특산물이에요."

아케노 씨가 그렇게 설명해줬다.

그런 공예품이 딱 어울리는 듯한 마을이다. 우리 옆을 짐마차가 천천히 지나갈 만큼 느긋한 장소였다.

"저, 이런 곳에서 한번 살아보고 싶어요."

아시아는 팔짱을 끼면서 눈을 반짝였다. 아하, 아시아는 화려한 도시보다 이런 장소를 좋아하는구나.

으음, 악마는 수명이 기니까, 장래에 이런 분위기의 시골에서 아시아와 10년 정도 살아보는 것도 좋을지 몰라. 100년은 힘들 거야. 나, 도시 사람이라서 편의점이나 백화점 없는 이런 곳에서 그렇게 오래 사는 건 힘들 것 같거든.

"명계의 시골도 꽤 흥미가 생기는 곳이네~!"

이리나는 신기하다는 듯이 사진을 찍으면서 그렇게 말했다.

재미있을 것 같다면서 이번에도 따라왔다. ……이 애, 그레모리 권속이나 다름없을 정도로 항상 우리와 같이 다니지. 천사장 미카엘 씨의 직속 천사인데도 말이야…….

"이런 시골은 떠돌이 악마나 힘 있는 마물의 표적이 될 때가 많아."

키바가 그렇게 말했다. 떠돌이 악마라. 주인의 곁을 떠나 악마의 힘을 멋대로 사용하는 위험한 존재다. 이렇게 인구가 적고, 영내의 감시병의 눈길이 잘 닿지 않는 장소는 악당들이 잠복하기 딱 좋긴 할 거야.

부장님은 고개를 끄덕이면서 말했다.

"그래. 흉악한 떠돌이 악마는 산간벽지에 잠복하곤 해. 거기서 몰래 힘을 모은 후, 마을 사람들을 먹이로 삼는 거야. 만약 발견하면 바로 해치워야만 해. 그레모리의 영토에서 소중한 영민들이 희생되게 할 수는 없으니까 말이야."

마을 사람들을 먹이……. 무시무시한 녀석들이군…….

──바로 그때, 앞쪽에서 마을 사람들 몇 명이 뛰어왔다.

"또 찌찌 드래곤 님이 마물을 퇴치하셨대!"

"완전 젖룡제 만세네!"

그들은 그런 대화를 나누면서 우리 옆을 지나갔다.

도착하자마자 가짜들에 대한 이야기를 들을 줄이야! 게다가 마을 사람들의 이야기로 볼 때 저쪽에 우리가 찾는 가짜 일행이 있는 것 같다.

우리 옆을 지나가던 마을 사람들 중 한 명이 부장님을 보더니…….

"어, 어라……? 어라~?"

의아하다는 듯이 고개를 갸웃거린 후, "아, 머리카락을 염색한 팬이구나." 하고 중얼거린 후 가던 길을 계속 갔다. 부장님과 누군가를 헷갈린 걸까? 뭐, 누구인지 대충 예상은 되지만…….

"아무래도 찾는 수고는 던 것 같네."

부장님은 마을 사람들이 달려간 방향을 쳐다보았다.

하하하. 아무래도 가짜들을 찾으러 다닐 필요는 없을 것 같군…….

널찍한 장소에 사람들이 모여 있었다. 그리고 그 중앙에는 몇 명의 남녀와 거대한 생물이 있었다. 그들 중 한 명이 힘찬 목소리로 말했다.

"이 마을을 노리던 나쁜 마물을 우리가 쓰러뜨렸으니 이제 안심해도 돼! 오호호호홋!"

귀에 익은 목소리. 그리고 눈에 익은── 붉은 머리카락?!

드레스를 입은 부장님이 그들 사이에 있었다!

나── 아니, 나를 비롯한 그레모리 권속은 부장님을 돌아보았다! …………응. 부장님은 여기 있어!

하지만 눈앞에도 부장님이── 부장님과 똑같이 생긴 사람이 있다! 완전 판박이다! 다른 것은 의상뿐이다! 부장님은 쿠오우학원의 교복 차림! 저쪽은 텔레비전에 나오는『스위치공주』가 입는 드레스를 입고 있다! 참고로 부장님은 입을 쩍 벌린 채 경악을 금치 못하고 있었다.

자신들이 퇴치한 마물—— 괴조(怪鳥) 옆에 선 스위치공주, 즉 가짜가 외쳤다.

"이 마물은 이 마을을 노리는 암흑의 드래곤, 크로우 크루아흐의 부하! 이 마을에 해를 끼치기 전에 우리가 퇴치했어!"

그 말을 들은 마을 사람들은 환호했다.

"역시 스위치공주님! 감사합니다, 감사합니다……!"

"젖룡제 일행 덕분에 이 마을은 평화로워졌다니까!"

"역시 리아스 공주님! 그레모리 령에 살아서 정말 행복해!"

마을 사람들 중에는 눈물을 흘리며 기뻐하는 이도 있었다! 저렇게 부장님을 쏙 빼닮았으니, 가짜를 진짜 부장님—— 영주의 딸이라고 생각하는 것도 무리가 아니기는 해! 그래도 뭐가 어떻게 된 거야?!

"이번에도 젖룡제 찌찌 드래곤이 마물을 한 방에 해치웠어! 역시 우리의 찌찌 드래곤!"

가짜 스위치공주가 전신갑주를 걸친 자를 소개했다! 오오, 붉은색 전신갑주! 그런데 내 것과 꽤나 비슷——.

…………응? 나는 저 갑옷이 눈에 익었다. 내 갑옷과는 세세한 부분이 약간 달랐다. 하지만 전체적으로 비슷…….

""찌찌 드래곤! 찌찌 드래곤!""

마을 사람들은 가짜 찌찌 드래곤을 칭송하듯 그 호칭을 외쳐댔다.

『엉엉~!』

그와 동시에 드래이그가 울음을 터뜨렸다. 왜 그러는 거야? 요즘 들어 『찌찌 드래곤』이라는 단어에 민감하게 반응하는 것 같은데……. 가짜가 저렇게 칭송받는 걸 보고 충격이라도 받은 건가……? 으음, 잘 모르겠네…….

나는 가짜가 칭송받고 있다는 사실 때문에 불쾌감을 느끼기보다는 방금 머릿속에 떠오른 이미지와 눈앞에 있는 갑옷을 비교해보고…….

"……어, 어, 어."

내 옆에 있던 코네코가 손가락으로 앞쪽을 가리키면서 표정을 딱딱하게 굳혔다. 평소 감정을 겉으로 드러내지 않던 코네코가 저렇게 동요하다니, 대체 무슨——.

나는 코네코의 떨리는 손가락이 가리키고 있는 곳을 쳐다보았다. 그러자—— 텔레비전 방송인 『찌찌 드래곤』에 등장하는 『헬캣』의 프리티한 의상을 입은 다이너마이트 보디의 소유자…… 쿠로카가 눈에 들어왔다아아아아아아아아아아앗?!

"다들~ ♪ 약소하게라도 답례를 해주면 고마울 것 같아냥☆"

쿠로카는 그 자리에서 몸을 빙글 돌리더니 귀엽게 고개를 갸웃거렸다. 그리고 풍만한 가슴을 출렁거리며 남자 마을 사람들을 졸라댔다.

"""우오오오오오오오오오옷! 헬캣 니이이이이이이임!"""

눈이 하트 마크로 변한 남자들은 쿠로카를 향해 돈을 던져댔다! 참고로 쿠로카는 내 라이벌인 발리가 이끄는 집단의 일원이자 코네코의 언니다! 그리고 끝내주는 에로 보디를 지닌 네코마타다!

그 순간, 나는 뭐가 어떻게 된 건지 눈치챘다! 아니, 그 외의 다른 가능성은 존재하지 않았다! 그것도 그럴 것이, 내 머릿속의 이미지와 완벽하게 일치했기 때문이다!

저 붉은색 갑옷! 형태가 백룡황의 갑옷—— 디바인 디바이딩 스케일메일과 똑같다! 즉, 붉은 백룡황이다!

유심히 보니, 약간 떨어진 곳에는 안경을 쓰고 정장을 입은 남성—— 성왕검 콜브랜드를 쥔 아서도 있었다!

"……아하, 발리 팀이구나."

키바도 옆에서 중얼거렸다!

그래! 발리 팀이야! 발리 자식, 자기 갑옷을 붉은색으로 물들여서 내 가짜 행세를 하고 있는 거냐?!

발리와 쿠로카, 아서!

그, 그럼, 부장과 판박이인 저 사람은…….

내 예상이 머릿속에 떠올랐을 때, 부장님이 앞으로 나섰다!

"오호호호홋! 마물도 퇴치했으니, 평소처럼 음식점에 가서 파티라도——."

찰싹! 부장님은 새된 웃음을 터뜨리고 있는 가짜 스위치공주님의 머리를 후려쳤다.

그리고 멱살을 잡더니, 어딘가로 끌고 갔다.

"따라와!"

"너, 너, 너, 너, 너는 스위치잖아! 네, 네, 네, 네가 왜 이런 곳에 있는 거야?!"

당황할 대로 당황한 가짜는 그렇게 말했다! 잠깐, 방금 그 목

소리는 미후의 목소리잖아!

"역시…… 원숭이, 바로 너구나!"

부장님은 분노를 터뜨렸다! 온몸에서 위험한 아우라가 배어 나왔다!

저 녀석, 미후인가?! 붉은 갑옷을 걸친 이는 그 모습을 보더니 고개를 저으면서 입을 열었다.

"후후후. 아무래도 이쯤에서 끝내야 할 것 같군."

그 목소리는 역시 발리의 목소리였다.

"양쪽 다 스위치공주……?"

"아니면, 팬이 코스프레한 건가……?"

스위치공주── 그레모리 령의 차기 당주님이 눈앞에 두 명이나 등장하자, 마을 사람들도 혼란스러워했다.

아무래도 발리 팀을 데리고 인적이 없는 곳으로 이동하는 편이 나을 것 같았다.

── ○ ● ○ ──

마을 어귀, 인적이 없는 강가에서 나를 비롯한 그레모리 권속과 가짜 『찌찌 드래곤』 일행── 발리 팀은 마주 섰다.

남들이 보는 곳에서 우리와 테러리스트 집단이 이야기를 나눴다간 문제가 발생할 수도 있거든. 뭐, 이 마을 사람들은 마을 밖의 정보에 어두운 것 같으니 그렇게 걱정할 필요는 없을 것 같지만 말이야.

"헤헤헷, 들켰는걸."

펑! 미후는 연기를 피우면서 스위치공주의 모습에서 원래 모습으로 돌아왔다. 그는 손오공의 자손이자 요괴다. ……요술로 가짜 스위치공주로 변한 건가? 요괴라서 타인으로 변하는 것이 특기인 걸까?

"후후후. 진짜가 등장했으니 어쩔 수 없지."

발리도 붉은색 갑옷을 흰색으로 되돌린 후 갑옷을 해제했다. 진한 다크 컬러를 띤 은발과, 푸른색 눈동자를 지닌 미소년. 발리가 틀림없다! 마력으로 갑옷을 붉게 만들었던 걸까?

부장님은 도끼눈으로 그들을 노려보면서 말했다.

"뭐가 어떻게 된 거야?"

음, 간결하면서도 알기 쉬운 질문이다! 미후는 볼을 긁적이면서 중얼거렸다.

"하하하. 아니, 그게 말이야──."

미후는 말했다.

환상의 드래곤 초승달의 암흑용──『크레센트 서클 드래곤』 크로우 크루아흐라는 녀석이 이 근처에 잠복하고 있을지도 모른다는 정보를 손에 넣은 발리는 그를 한번 만나보고 싶어 이곳을 찾았다.

그러다 정체불명의 마물에게 습격을 받고 있는 이 마을을 우연히 본 그들은 그 마물을 격퇴했다고 한다.

그리고 테러리스트라는 사실을 숨기기 위해 『찌찌 드래곤』으로 변장해서 마물을 격퇴했다고 한다.

그랬더니 도움을 받은 마을 사람들에게 감사 인사를 받았고, 그 후 이러쿵저러쿵하다 보니 이 마을 한정 히어로가 되었다고 한다. 가짜 『찌찌 드래곤』 일행으로서 말이다.

참고로 다른 멤버인 르페이는 괴수 늑대인 펜리르, 골렘인 고그마고그를 데리고 원정(遠征) 중이라고 한다.

"크로우 크루아흐. 이미 소멸했다는 소문도 돌고 있는 사룡(邪龍)이군요."

로스바이세 씨는 턱에 손을 대면서 그렇게 중얼거렸다.

소멸한 드래곤? 하지만 발리 일행이 찾고 있다는 건…….

아서는 안경을 고쳐 쓰면서 말했다.

"살아 있다는 전설도 남아 있습니다. 전쟁과 죽음을 관장하는 드래곤. 그리스도교의 개입에 의해 소멸했다는 것이 정설입니다만, 어딘가에 숨어 깊은 잠에 빠져들었다는 이야기도 있죠."

그러고 보니 전설의 드래곤은 대부분 은퇴했거나 소멸당했지. 내 드래이그나 발리의 알비온도 퇴치당한 후 세이크리드 기어에 봉인되었잖아.

현존하는 드래곤 중 강력한 힘을 지닌 존재는 손으로 꼽을 수 있을 정도라고 했던가.

"뭐, 다수의 마물을 사역해 이 마을을 노리고 있는 드래곤이 이 근처의 산에 잠복해 있는 건 확실하다고. 크로우 크루아흐는 아니지만 말이야."

미후가 그렇게 말했다.

"그럼 너희는 왜 여기에 머물고 있는 건데? 이제 볼일은 없는 거잖아?"

　제노비아는 당연한 질문을 던졌다. 그 말이 옳았다. 테러리스트이자, 강자를 추구하는 이 녀석들에게 있어 이 마을은 아무런 가치도 없는 장소가 되었을 것이다. 그런데도 이렇게 이 마을에 남아 있는 것은 이상했다.

　"뭐, 신세를 갚고 있는 것뿐이야."

　발리가 그렇게 말한 후, 미후가 입을 열었다.

　"마물을 퇴치한 우리를 진짜 『찌찌 드래곤』 일행이라고 생각한 마을 사람들이 맛난 걸 잔뜩 대접해줬거든. 가능하면 이 마을을 노리는 두목 드래곤을 쓰러뜨릴 때까지는 머물러 달라면서 말이야. 그래서 이렇게 된 거야."

　"그리고 『찌찌 드래곤』 흉내는 재미있어냥♪"

　쿠로카는 즐거움으로 가득 찬 목소리로 말했다.

　"맞아. 나도 스위치공주 흉내를 내는 게 생각보다 재미있더라고! 그래서 꽤 서비스해주고 말았지!"

　미후도 즐거워 보였다. 으음, 이 녀석들은 여전히 신출귀몰할 뿐만 아니라 행동 이유도 알 수가 없어! 좋은 녀석들인지 나쁜 녀석들인지 정말 모르겠다니까.

　뭐, 골치 아픈 녀석들이자 아군이 아니라는 것은 확실했다.

　『……빨강이. 나는 드디어 「찌찌 드래곤」이라는 것의 흉내까지…… 흑흑, 어쩌다, 이렇게……!』

　『……미안하다, 하양이. 나도 어쩌면 좋을지 모르겠어……. 요즘 들어 나도 모르는 사이에 엉뚱한 상황에 처할 때가 많더라고…… 흐흑…….』

……또 천룡(天龍) 두 마리가 울기 시작했다. 발리도 미후 일행의 장난에 어울린 것 같은데…… 갑옷을 붉은색으로 물들이고 내 흉내를 낸 백룡황, 알비온의 마음이 어떨지는 상상조차 되지 않았다.

부장님은 한숨을 내쉬었다.

"……그레모리 가문의 일원으로서, 이 마을 사람들을 도와준 것에는 감사할게. 이 마을이 마물에게 공격받고 있다는 것을 눈치채지 못한 우리에게도 잘못은 있어."

미후는 부장님의 머리를 찰싹찰싹 소리 나게 두드리면서 말했다.

"괜찮다고! 천하의 그레모리 가문도 이런 촌구석까지 관리하지는 못할 테니까 말이야. 하지만 이 마을은 텔레비전 방송도 두 개 정도밖에 나오지 않고, 특촬 방송인 『찌찌 드래곤』도 나오지 않는다더라고. 찌찌 드래곤에 관한 정보는 명계 제1방송의 뉴스나 라디오로만 알았다던데? 이 심각한 정보 격차는 좀 문제가 되지 않을까? 뭐, 그 덕분에 우리가 가짜라는 걸 들키지 않았지만 말이야."

"……맞아. 전파탑을 세워야겠네."

부장님의 눈가가 부르르 떨렸다.

미후에게 머리를 맞고 제대로 화가 난 것 같았다……! 하지만 미후는 그 사실을 눈치채지 못했는지 또 부장님의 머리를 두드려댔다.

"그리고 이 마을에도 편의점이나 슈퍼마켓을 설치하는 게 좋지 않을까? 상품 구비 상태가 영 꽝인 가게나 이동 판매점밖에 없으면 쇼핑 격차도 더 벌어질 거라고."

"……오, 옳은 의견이야."

"이 마을에 라면 가게를 차리는 것도 괜찮지 않겠어? 뭣하면 우리가 점장을 맡아줄게. 요즘 라면 만드는 데 푹 빠졌거든. 채소랑 돼지고기가 듬뿍 들어간 라면을 맛보여주지!"

"……그, 그건 좀 상관없는 이야기 같은데? 그리고 이제 내 머리 좀 그만 때려!"

부장님은 미후의 손을 쳐냈다! 서서히 분노 게이지가 상승하고 있어!

"히히히, 무섭네. 그렇게 쉽게 화내서는 스위치공주로서의 소임을 다할 수 없을 것 같은데?"

"쓸데없는 참견이야! 그리고 나를 이렇게 화나게 만드는 상대는 너뿐이란 말이야! 그리고! 나를 스위치공주라고 부르지 마! 너한테 그렇게 불리는 게 가장 납득이 안 돼! 그리고 너희는 지금 불법 입국 및 불법 체류 중이라구!"

……여전히 견원지간 아니, 공주님과 원숭이니까 희원(姬猿)지간이라고나 할까……. 기품 넘치는 부장님도 이 녀석과 이야기할 때는 말투가 거칠어진다니까.

미후가 손으로 인(印)을 맺자 「펑!」 하는 소리가 나면서 연기가 피어올랐다! 그리고 그 연기가 가라앉자 스위치공주의 의상을 입은 가짜 부장님이 모습을 드러냈다! 또 변신한 거냐!

"내가 스위치공주에 더 걸맞은 것 같은데?"

부장님의 목소리로 그런 소리를 해댔다! 손짓, 걸음걸이까지 부장님과 똑같았다! 이 녀석이 이 정도로 남 흉내를 잘 내는 줄은 몰랐어!

참고로 부장님은—— 관자놀이에 힘줄이 돋을 정도로 분노하고 있었다! 뭔가를 눈치챈 코네코가 자신이 먹으려고 가져온 바나나를 부장님에게 건넸다.

"……요즘 나한테 시비를 거는 녀석이 늘어 정말 곤란하다니까……. 너 따위가 내 흉내를 내겠다는 거야……? 후후후후후후후후, 원숭이 주제에? 자, 바나나 줄 테니까 이거 들고 산으로 돌아가렴."

"자신만만한 걸, 스위치. 그럼 승부라도 할까? 이 마을 사람들을 심판 삼아 어느 쪽이 진짜 『찌찌 드래곤』 일행 같은지 승부해보자고!"

"재미있는 소리를 하네. 좋아. 그 승부, 받아주지. 진짜 『찌찌 드래곤』을 보여주겠어! 잇세, 다들, 반드시 이기자!"

미후와 부장님의 시선이 불꽃을 튀기며 맞부딪치고 있었다. ……맙소사, 멋대로 뭔가가 정해지고 있어!

결국, 그레모리 권속과 발리 팀 중 어느 쪽이 진짜 『찌찌 드래곤』에 가까운지를 가지고 승부를 하게 되었다…….

"냐하하하. 재미있을 것 같네. 그렇지~? 시로네."

"……."

쿠로카는 즐거워 보였지만, 코네코는 언짢다는 듯이 입술을 삐죽 내밀고 있었다.

이 상황을 지켜보며 마음속으로 한탄을 하고 있는 내 옆에서, 발리는 "울지 마, 알비온. 이것도 여흥이야. 뭐? 친정으로 돌려보내달라고? 일단 진정 좀 해. 그리고 백룡황의 친정이 어디에 있는지 나는 모른다고." 같은 소리를 하면서 파트너를 달래고 있었다.

"너희도 정말 시간이 남아도는구나."

나는 한숨을 내쉬면서 발리에게 말했다.

"팀 멤버들의 기분 전환도 때때로 필요하거든. 나는 이 마을을 노리는 드래곤이 어떤 녀석인지만 신경 쓰일 뿐이지만…… 이 마을에서 먹은 빵과 쿠키는 꽤 맛있었지. 그걸 먹은 것만으로도 이 정도 수고를 할 가치는 있어."

팀의 사기, 라. 그것보다 이 녀석도 쿠키 같은 걸 먹는구나. 상상이 안 돼.

『……백룡황과 만났는데도 싸우기는커녕 이런 짓을 하게 되다니……. 정말 놀랄 노 자군…….』

내 파트너도 땅이 꺼져라 한숨을 내쉬었다.

좀 전에 사람들이 모여 있던 탁 트인 장소에 급히 무대가 만들어졌다. 그리고 그 특제 무대 뒤편에 쳐진 횡단막에는 악마 문자로 『찌찌 드래곤 결정전!』이라고 적혀 있었다.

광장에 모인 마을 사람들은 기대에 찬 눈으로 무대를 쳐다보고 있었다.

『아아~, 레이디스&젠틀맨! 제1회 「어느 쪽이 진짜 찌찌 드래곤인가?」 대회를 개최하겠습니다~!』

"""오오오오오오오오옷!"""

사회를 담당한 마을 사람이 마이크를 입에 대고 그렇게 외치자, 성대한 박수와 환호성이 터져 나왔다.

……가짜 스위치공주, 즉 미후는 이 일의 전말을 마을 사람들에게 이야기했다. 그러자 마을 사람들은 그 자리에서 오케이를 하더니, 바로 마을 사람 전원이 힘을 합쳐 이 특제 무대를 만들기 시작했다.

오락거리가 부족한 시골이라서 그럴까, 이런 재미있어 보이는 일에 전력을 쏟는 것 같았다. 정말 흥이 많은 마을 사람들이네…….

『심사위원은 촌장님! 그리고 로스바이세 씨와 아시아 아르젠토 씨, 제노비아 씨! 그리고 천계에서 오신 시도 이리나 씨도 게스트로서 참가해주셨습니다!』

"안녕하십니까, 여러분. 촌장입니다. 잘 부탁합니다."

사회자의 소개에 맞춰 촌장님이 입을 열었다. 수염을 기른 댄디한 느낌의 중년 남성이었다.

"안녕하세요. 발키리인 로스바이세예요. 심사를 맡게 된 이상 공정을 기하겠어요."

"아, 아시아라고 해요! 이 마을은 정말 멋진 곳이라고 생각해요! 한번 살아보고 싶다는 생각마저 들어요!"

"나는 제노비아다. 잘 부탁해."

"시도 이리나예요~! 천사예요~! 악마 여러분! 오늘 함께 즐거운 시간을 보내도록 해요!"

심사위원석에 오컬트 연구부의 부원들이 앉아 있었다. ……너희, 꽤 즐거워 보이네.

대회에 참가한 내 마음을 좀 헤아려 달라고. 영문을 모르겠단 말이야! 나는 무대 뒤편에서 관객석을 쳐다보면서 마음속으로 그렇게 외쳤다. 참고로 나는 현재 갑옷 차림으로 대기 중이다.

"……저 원숭이에게만은 절대 지지 않을 거야……!"

내 옆에 있는 부장님은 혼잣말을 중얼거리면서 묘하게 불타오르고 있었다. 누, 눈빛이 무서워! 너무 무섭다고요, 부장님!

승부는 5대5의 단체전으로 내기로 했다. 우리 쪽에서 참가하는 멤버는 나와 부장님, 그리고 『다크니스나이트 팽』 역할의 키바와 『헬캣』 역할의 코네코, 그리고 일부 팬들에게 『종이상자 뱀파이어신(神)』으로 숭배 받고 있는 개스퍼다. 개스퍼 녀석은 영화에 주연으로 출연하기도 했지. 저쪽은 발리, 미후, 쿠로카, 아서뿐이었다. ……다섯 명째는 누구지? 같은 의문이 아직 풀리지 않았지만…….

『자아, 그럼 대회를 시작하겠습니다!』

……사회자가 개시 선언을 해버렸다! 버니걸 코스튬을 입고 라운드 걸을 담당하고 있는 이는 아케노 씨! 망사 스타킹, 최고예요!

아무튼, 대회가 시작됐다!

라운드1

『다크니스나이트 팽』 대결

　악역 코스튬을 입은 키바와 아서는 가슴에 1과 2라고 적힌 배지를 달고 있었다. 진짜와 가짜를 정하기 위한 대회이기에 이걸로 오케이라고 한다. 본명을 일부러 밝히지 않고, 번호만으로 진짜를 찾아달라는 취지다.

　"""꺄아~! 양쪽 다 미남이야~!"""

　무대 위에 선 미남 두 사람을 본 이 마을 여성들이 새된 성원을 보냈다. ……젠장, 미남 자식들. 어디를 가든 여자들에게 인기 있어서 정말 좋겠다, 좋겠어!

　『대회장의 여성들에게만 패널을 전달해뒀습니다! 그 패널의 양면에는 두 분의 번호인 1과 2가 표기되어 있죠! 이제부터 두 분께서는 멋진 대사, 멋진 포즈를 취해주십시오. 그것을 본 심사위원과 관객석의 여성분들이 패널로 투표해준 결과를 통해 진짜와 가짜를 결정할까 합니다!』

　멋진 대사냐! 키바, 너라면 할 수 있어!

　마이크를 쥔 키바는 숨을 고른 후, 망토를 휘날리면서 말했다.

　『젖룡제여. 내 앞에 당도한 것을 칭찬해주마. 오늘 밤, 이 자리에서, 그대와 나의 최후의 연회를 개최하지 않겠느냐. ──자아, 종국(終局)의 막을 올리자꾸나.』

　오오, 『찌찌 드래곤』에서의 『다크니스나이트 팽』의 대사잖아!

　"""꺄아아아아아아아앗! 멋져어어어어어어어어어어엇!"""

　여성들의 새된 목소리가 울려 퍼졌다! 그 중에는 쓰러지는 사람도 있었다! 그렇게 좋은 거냐! 그냥 방송에 나온 대사잖아!

이번에는 아서가 마이크를 쥐었다. 아서의 시선은 나를 향하고 있었다. 어? 나?

『찌찌 드래곤⋯⋯. 한번 싸워보고 싶습니다. 천룡이라 불린 자가 내 성왕검의 파동을 얼마나 견뎌낼 수 있을지 궁금하군요. 가능하다면 그 강인한 정신력—— 마음까지 갈가리 찢어버리고 싶습니다.』

⋯⋯그의 차가운 시선을 받은 순간, 온몸이 부르르 떨렸다. 진짜로 나를 향해 적의를 뿜었어⋯⋯! 저 녀석이 방금 한 말에 진심이 섞여 있다고!

"""꺄아아아아아아아아아앗! 나도 갈가리 찢어줘어어어엇!"""

관객석에 있는 여성들은 눈이 하트 마크로 변할 정도로 흥분했다.

두 미남은 그 후에도 멋진 대사와 동작을 선보이면서 여성들을 흥분시켰다.

"미남에게는 흥미가 없습니다."

촌장의 코멘트는 솔직담백했다! 좋은 촌장이네! 나는 당신을 지지하겠어!

"이미지 자체는 키바가 낫지만⋯⋯."

"다크니스라 불리는 나이트의 이미지로서 본다면, 아서 씨도 나쁘지 않군요."

제노비아와 로스바이세 씨도 같은 식구를 편애하지 않고 진지하게 심사하고 있었다!

결과적으로는…… 동점! 산뜻한 미남 키바와 위험한 분위기를 지닌 아서에게 여성 관객들과 심사위원들의 표가 똑같이 갈리고 만 것이다.

라운드2
『헬캣』 대결
다음 대결은 『헬캣』 대결이다.

무대 위에는 코네코와 쿠로카가 서 있었다! 두 사람 다 『헬캣』의 귀여운 의상을 입고 있지만…… 몸매는 극과 극이었다!

로리로리 체형인 코네코, 그리고 출렁출렁 푸딩인 쿠로카! 쿠로카는 꼬리와 엉덩이를 흔들면서 가슴을 마음껏 놀려댔다!

"""오오오오오오오오옷! 헬캣 님!"""

남성 관객들은 완벽하게 쿠로카의 에로틱한 몸에 빠져들었다! 나도 마음껏 즐기고 있사옵니다!

『자아, 헬캣 대결! 이번에는 남성 관객들에게만 패널을 드렸습니다! 로리로리한 헬캣 양인가, 아니면 에로에로 섹시한 헬캣 님인가! 어필 타임, 스타트입니다!』

쿠로카가 먼저 마이크를 받았다.

그녀는 손으로 자신의 몸을 요염하게 쓰다듬었다. 허벅지에서 엉덩이, 허리, 가슴을 쓰다듬더니, 마지막으로 입가에 손을 댔다.

쿠로카는 자신의 입술을 요염하게 핥았다.

『언니와 헬캣헬캣한 짓을 해보고 싶니냥♪』

——윽! 남자들의 뇌를 격렬하게 뒤흔드는 관능적인 대사를 들은 순간, 나와 남자 관객들의 코에서 피가 뿜어져 나왔다!

"""예! 물론입죠!"""

나도 관객들과 함께 그렇게 외쳤다! 젠장! 쿠로카 녀석, 여전히 에로에로하잖아! 너 정말 코네코의 언니가 맞는 거야?! 장래에 코네코도 이렇게 되는 거냐! 이 오빠, 기뻐해야 할지 난감해해야 할지 모르겠다고! 하지만 그렇게 되는 것도 나름 최고일지도 모르겠다는 생각이 들어!

쿠로카의 끝내주는 어필을 본 코네코는—— 어깨를 부르르 떨면서 슬픈 표정을 지었다. 고양이 귀도 힘없이 축 처져 있었다. 섹시 헬캣의 모습이 엄청난 충격이었던 것 같았다.

마이크를 건네받은 코네코는 작은 목소리로 중얼거렸다.

『……내가 진짜 헬캣인데……. 키도, 가슴도 작아서, 어필할 만한 게 없어냥…… 훌쩍.』

——윽! 그 순간, 내 몸을 타고 전기가 흘렀다! 귀여운 코네코의 모습을 본 순간 가슴이 옥죄어든 것이다!

"""귀, 귀여워……! 로리 소녀도 최고오오오오오오옷!"""

남자 관객들도 나와 마찬가지인 것 같았다. 그들은 코피를 뿜으며 광분했다!

"에로에로 언니와 로리로리 소녀의 대결! 명계에 태어나길 잘했어!"

촌장은 하늘을 올려다보며 울부짖듯 외쳤다! 이 촌장, 에로가 뭔지 좀 알잖아! 나는 이 촌장이 마음에 들어!

결과는 코네코의 역전승! 처음에는 쿠로카에게 압도당했지만, 결국에는 「귀여움은 정의!」가 승리했다.

"꽤 하는구나, 시로네 ♪"

쿠로카는 분통을 터뜨리기는커녕 미소를 지으며 무대에서 내려갔다.

"……."

코네코는 마음이 복잡한 것 같지만, 이 승리 덕분에 자신감이 생긴 것 같았다.

라운드3

『종이상자 뱀파이어신』 대결

대결도 중반에 이르렀다.

다음은 『종이상자 뱀파이어신』 개스퍼의 대결이다.

무대 위에는 평소와 같은 옷차림을 한 개스퍼가 있었다.

"히이이이이이익! 무대 위에 서니 엄청 긴장돼요오오오오!"

부들부들 떨고 있는 개스퍼에게 대적하는 것은—— 무대 위에 놓인 종이상자!

…………어? 종이상자? 나는 그 종이상자를 유심히 쳐다보았다. 그것은 평범한 종이상자로 보였다. ……안에 누가 있는 걸까? 딱히 그런 기색은 느껴지지 않았다.

나는 영문을 모르겠다는 표정을 지었다. 바로 그때, 사회자의 목소리가 들렸다.

『어느 쪽이 종이상자 뱀파이어신일까요! 자아, 진짜라고 생각하는 쪽에 투표해주십시오!』

뭐, 뭐, 뭐, 뭐어어어어어어엇?! 이미 승부는 시작된 건가?! 아니, 그 이전에 개스퍼의 상대는—— 그냥 종이상자인 거야?!

스위치공주로 변신한 미후가 내 옆에서 말했다.

"맞아. 우리가 준비한 건 평범한 종이상자라고!"

야 이 멍청아아아아아앗! 대전 상대가 종이상자라니! 전직 뱀파이어 여장 남자 은둔형 외톨이 대 평범하기 그지없는 종이상자! 승부가 될 리가 없잖아!

"종이상자라는 말이 이름에 들어갈 정도니까, 저쪽에 있는 상자가 진짜 아닐까?"

"확실히 일리는 있네! 저쪽은 평범한 악마 같잖아! 귀엽기는 하지만 종이상자 뱀파이어신은 종이상자틱해야지!"

관객들이 그런 소리를 하기 시작했다! 말도 안 돼애애애앳! 진짜?! 저쪽은 그냥 평범한 종이상자라고! 정보 격차가 이 대결에도 영향을 끼치고 있는 건가?!

『그럼 심사위원 여러분의 의견을 들어보도록 하죠!』

사회자가 심사위원들을 쳐다보자, 제노비아가 입을 열었다.

"……으음, 종이상자라는 점을 중점적으로 본다면 저쪽에 있는 상자가 종이상자 뱀파이어신일지도 몰라."

너도 그딴 소리를 하는 거냐! 저건 그냥 상자라고!

"나도 개스퍼 군보다 저쪽에 있는 종이상자가 더 진짜 같다는 생각이 들어!"

이리나까지! 너희 둘 다 바보냐?!

"그래요. 저도 개스퍼 군 본인보다 종이상자 안에 들어가 있는 개스퍼 군을 본 시간이 더 긴 것 같아요. 그런 점에서 본다면 개스퍼 군이란 종이상자 그 자체……?"

로스바이세 씨도 혼란스러워하기 시작했다! 이상하잖아! 소중한 동료를 종이상자라고 생각하다니, 완전 이상하다고!

……자, 잠깐만, 어, 어라……? 착시인가? 나도 저 종이상자가 더 개스퍼 같아 보이는데……?

로스바이세 씨의 말도 일리가 있었다. 나도 종이상자 안에 있는 개스퍼를 본 시간이 더 긴 것 같은……. 역시 그렇게 생각하면 저 종이상자 쪽이…… 개스퍼인 걸까……?

이곳에 있는 이들 모두가 개스퍼가 아니라 종이상자를 쳐다보기 시작했다.

『……어?! 어?! 어, 어디를 보는 거예요?! 저, 저는 여기 있어요……. 다들, 왜, 종이상자를……?』

마이크를 쥔 개스퍼……처럼 생긴 이가 무슨 말을 했지만, 아무도 그 말에 귀를 기울이지 않았다……. 그저 종이상자——아니, 개스퍼 블라디를 쳐다보며 고개를 끄덕이고 있었다.

결과는——.

『이쪽에 있는 종이상자가 「종이상자 뱀파이어신」으로 결정됐습니다!』

사회자가 그렇게 말하자, 모든 이들이 납득했다는 듯이 박수를 쳤다.

『너, 너, 너무해요오오오오옷!』

원조 개스퍼 블라디는 눈물을 흘리면서 자신의 종이상자에 틀 어박혔다.

아아, 그래야『종이상자 뱀파이어신』, 개스퍼지!

이날, 개스퍼는 평범한 종이상자에 자신의 존재 이유를 빼앗 기고 말았다——.

라운드4

『스위치공주』대결

종반전! 드디어『스위치공주』대결이다!

무대 위에 붉은 머리카락을 지닌 드레스 차림의 미소녀 두 명 이 서 있었다! 왼손에 낀 장갑에 그레모리 가문의 문양이 새겨 져 있는 쪽이 진짜 부장님이다.

『자아, 스위치공주 대결! 우리의 진짜 리아스 공주님은 어느 쪽일까요!』

사회자가 그렇게 말하는 가운데, 미후가 마이크를 한 손에 들 고 앞으로 나섰다!

『스위치공주가 지닌 기적의 파워를, 지금 이 자리에서 보여주 겠어!』

그렇게 말하면서 가슴을 앞으로 내민 미후는 손가락을 튕겼 다! 그러자——, 파아아아아앗! 하는 소리를 내며 가슴이 빛나 기 시작했다!

오오, 이건 부장님의 제2페이즈 현상! 그래요. 부장님의 가슴 은 붉은색으로 빛난다고요!

그 정보를 어떻게 얻은 건지는 모르겠지만, 미후는 선술 혹은 요술로 그 현상을 재현한 것 같았다! 관객들은 "오오옷!" 하고 외치며 술렁거렸다.

"나도 질 수야 없지! 잇세!"

부장님이 나를 불렀다. 무, 무슨 일이지……? 나는 서둘러 부 장님에게 다가갔다.

"내 가슴을 만지렴!"

"예?! 괘, 괜찮겠어요?!"

부장님은 느닷없이 나보고 자신의 가슴을 만지라고 했다! 뭐, 허락해 주신다면 얼마든지 만지작만지작하겠지만요!

부장님은 각오에 찬 목소리로 말했다.

"저 원숭이에게 이기기 위해서는 진짜 기적을 보여줄 수밖에 없어! 너라면 분명 해낼 수 있을 거야!"

부장님이 나를 엄청 믿고 있어! 아무리 그래도 그렇지, 진짜로 해도 되겠어요?! 이렇게 많은 사람들이 보고 있다고요! 아, 이 제 와서 그런 걸 신경 쓰는 것도 좀 그렇구나!

요즘 들어 부장님이 가슴을 향한 내 정열을 너무 잘 받아주는 바람에 내가 오히려 당혹스러울 때가 많았다! 하지만 주무르라 는 말을 듣는다면 주무르는 게 내 임무! 마구마구 주무르겠사옵 니다!

양손의 손가락을 꼼지락거린 나는 부장님의 풍만한 가슴을 향 해 다이렉트 어택을 개시했다!

말캉! 탄력과 부드러움에 감싸인 끝내주는 감촉이 내 양손에 전해졌다!

"하으응……."

부장님이 요염한 신음을 흘렸다. 바로 그 순간——.

파아아아아아아아아아아아아앗!

내 갑옷 곳곳에서 붉은색 아우라가 뿜어져 나왔다! 아아, 파워가 끓어오르고 있어! 끝내줘! 부장님의 가슴은 내 파워를 이끌어내는 최고의 가슴이야!

부장님의 가슴은 앞선 미후보다 더 찬란히 빛나고 있었다! 대회장 전체를 비출 만큼 엄청난 빛이었다!

『……으으, 또 이거냐……!』

드래이그는 체념 섞인 목소리로 그렇게 말했다. 미안해, 파트너! 이런 말을 하는 것도 좀 그렇지만, 이런 상황에 익숙해지도록 해!

"좋은 빛이군요. 아아, 가슴이 빛나고 있어……! 가슴이 끓어오르고 있어! 가슴이 기뻐하고 있어! 이것이야말로 젖룡제와 스위치공주가 일으킨 기적이야……!"

촌장은 오열하고 있었다! 무언가가 촌장에게 감동을 안겨준 것 같았다!

——바로 그때였다.

『으, 으갸아아아아아아아아아아앗!』

고통 섞인 울부짖음이 관객석 쪽에서 들렸다.

내 갑옷과 부장님의 가슴에서 뿜어져 나온 붉은빛을 쬔 관객 중 한 명이 괴로워하더니, 서서히 모습이 변하기 시작했다! 몸이 거대하게 부풀어 오르고, 날개가 달렸으며, 팔다리가 두꺼워졌다! 게다가 꼬리까지 자라났다!

『크아아아아아아아아아아아아아앗!』

포효가 대회장 전체에 울려 퍼졌다. 관객석에 나타난 것은 검은색을 띤 거대한 용 한 마리였다. 오오, 박력이 넘치는 게 꽤 강해 보이는걸! 그건 그렇고, 부장님의 가슴에서 뿜어져 나온 빛은 드래곤의 정체를 꿰뚫어 보는 효과를 지녔구나!

“““우와아아아앗! 드래곤이다~!”””

그 모습을 본 관객들이 일제히 도망쳤다! 남은 이는 우리와 발리 일행, 그리고 촌장과 사회자뿐이다. 검은 드래곤은 우리를 노려보면서 입을 열었다.

『이 빌어먹을 악마 놈들! 감히 내 정체를 꿰뚫어 보다니……! 저 계집의 가슴은 마(魔)를 퇴치하는 파마(破魔)의 힘이라도 지닌 것이냐?!』

가슴에서 뿜어져 나온 빛 때문에 정체를 들키고 만 드래곤은 증오에 찬 목소리로 그렇게 말했다. 부장님의 가슴은 미지의 힘으로 가득 차 있습죠! 그 광경을 본 알비온이 고함을 질렀다.

『드래이그! 방금 그 힘은 뭐냐?! 너희의 힘은 주위에 있는 이들에게까지 영향을 끼치는 것이냐?!』

『내 파트너는 적룡제의 힘을 말도 안 되는 방식으로 사용하지. 그, 그 여파일지도 몰라!』

『뭐라고?! ……다, 다가오지 마! 나에게 다가오지 마라! 젖가슴 기술이 옮는단 말이다!』

『뭐?! 엉엉! 내 생애의 숙적까지 나를 구박해애애애앳!』

드래이그는 엉엉 울어댔다! 미안해! 부장님도 얼굴을 새빨갛게 붉힌 채 당혹스러워했다.

바로 그때, 발리가 내 옆에 섰다.

"아무래도 찾으러 다니는 수고를 던 것 같군. 네가 이 마을을 노리던 원흉이지? ……그런데 평범한 마룡이군."

발리는 재미없다는 투로 말했다.

아~, 이 녀석이 마을을 습격하던 마물들의 두목이구나. 확실히 아우라의 질이 용왕의 발끝에도 미치지 못했다.

검은 드래곤은 눈을 가늘게 뜨면서 말했다.

『……그렇다. 이 마을을 지배한 후, 내 야망의 발판으로 삼을 예정이지. 너희 같은 오합지졸이 나를 방해하게 둘 수야 없지!』

드래곤의 말을 들은 나와 발리는 서로의 얼굴을 쳐다보았다.

……이 녀석, 천룡을 모르는 건가? 그렇지 않고서야 이 천룡을 눈앞에 두고 저런 대사를 뱉지는 못할 것 같은데 말이야.

『젊은 드래곤이다. 어딘가의 마룡 일족 출신인 것 같은데, 아직 진정한 강자와 마주친 적은 없는 것 같군.』

드래이그가 어이없다는 투로 그렇게 중얼거렸다. 고향에서는 내가 짱이었다── 같은 건가?

『마음에 들지 않는 면상이구나! 좋다. 내 부하 마물들과 함께 진정한 드래곤이 어떤 것인지 가르쳐주마!』

검은 드래곤의 그림자에서 수많은 마물이 튀어나왔지만…… 그다지 위협적이지는 않았다. 바로 그때, 미후가 외쳤다.

"더럽게 귀찮네! 어이, 스위치공주! 저 녀석들을 누가 더 빨리 쓰러뜨리는지로 결판을 내자!"

미후는 부장님을 부추겼다. 교복 차림으로 돌아온 부장님은 자신만만한 미소를 지었다.

"재미있을 것 같네! 좋아! 자아, 내 권속들아! 그레모리의 영토에서 나쁜 짓을 하는 무리들을 날려버리렴!"

오~, 흥이 난 것 같네!

"찌찌플래시로 드래곤을 격퇴할 거야?!"

"입 다물어, 바보 원숭이! 같이 날려 버려줄까?!"

또 싸우고 있잖아!

"우후후, 좀 심심했는데 마침 잘됐군요. 제 뇌광을 언제까지 견딜 수 있는지 시험해보도록 할까요?"

"심사위원보다는 재미있을 것 같네."

아케노 씨와 제노비아도 즐거워 보였다.

"너희, 마을이 박살 날 수도 있으니까 전력을 다하지는 마. 이 마을은 우리의 여흥에 어울려줬잖아. 최소한의 피해만 내면서 저 녀석들을 없애버리자고."

발리의 명령을 들은 팀 멤버들이 무시무시한 표정을 지었다! 우와~. 발리 팀, 무시무시해!

자아, 그럼 나도 가보실까! 얼마 전의 나였다면 저 드래곤은 강적이겠지만, 지금의 나라면 여유롭게 상대할 수 있을 것 같았다.

이렇게, 우리와 발리 팀은 마룡을 향해 돌진했다.

─ ○ ● ○ ─

그로부터 얼마 지난 후──.

"주물주물꺄아~!"

"""주물주물꺄아~!"""

우리는 예의 시골에서 정식으로 개최된 『젖룡제 찌찌 드래곤』 쇼를 관객석 뒤편에서 지켜보고 있었다. 우리로 분장한 배우 여러분이 무대 위에서 쇼를 진행하고 있었다. 마을 아이들도 즐거워하고 있었다.

그 후, 마룡을 간단히 해치운 우리는 두 번 다시 이 마을이 위험에 처하지 않도록 하기 위해 그레모리의 주둔병을 이곳에 파견기로 했다. 그리고 전파탑을 세워 정보 약자인 이 지역에서도 시청할 수 있는 텔레비전 채널 수를 늘렸다.

그리고 가짜 『찌찌 드래곤』 일행, 즉 발리 팀은 평소와 마찬가지로 어느새 모습을 감췄다. 그 녀석들도 정말 시간이 남아도는 것 같네. 하지만 산간에 있는 시골 마을을 잠시 동안이기는 해도 지켜준 것은 틀림없었다.

그리고 나는…… 자신들이 『찌찌 드래곤』 일행으로 분장해 멋대로 활약한 것에 대한 사과의 뜻이라면서 쿠로카가 나에게 보낸 선물을 들고 있었다……! 쿠로카가 이 물건을 나에게 전달해달라고 이 마을 사람들에게 맡겼는지, 방금 마을 사람 중 한 명이 나에게 전해줬다.

그 안에는 쿠로카의 에로틱한 모습이 담긴 사진이 십여 장이

나 들어 있었다……! 어, 엄청나! 완전 에로에로해! 이런 모습이나 저런 모습까지 사진에 실려 있다고! 오늘 밤은 완전 장난 아닐 것 같네! 우헤헤헤헤, 못 참겠는걸! 헤벌쭉거리면서 사진을 쳐다보고 있는 내 옷을 누군가가 잡아당겼다──. 그 사람은 바로 코네코였다! 내가 들고 있는 사진을 빼앗은 그녀는 나를 뚫어져라 쳐다보았다.

"코, 코네코! 이, 이건 그러니까……!"

내가 변명을 하기도 전에, 코네코의 날카로운 주먹이 내 배에 꽂혔다!

퍼억! 그 묵직한 일격을 정통으로 맞은 나는 고통에 휩싸였다!

"크윽! ……코, 코네코……."

"……정말 저질이에요."

코네코는 사진을 갈가리 찢은 후 어딘가로 향하려 했다. 하지만 갑자기 걸음을 멈추더니, 한마디 했다.

"……저도 언젠가는, 커질 거라고요……."

그렇게 말한 후, 그녀는 나에게서 멀어져갔다.

……커질 거라고? 그게 무슨 소리지? 그, 그것보다 소중한 에로에로 사진이……. 나는 원통하다는 듯이 눈물을 흘렸다. 내에로 사지이이이이이이인!

Life.5 전생 천사에게 러브송을

바깥이 쌀쌀해지면서, 본격적인 겨울이 찾아오려 할 즈음——.

부실에는 나, 아시아, 제노비아밖에 없었다.

"그러고 보니 이리나는 우리와 따로 행동할 때 뭘 하는 거야?"

나는 부실에서 차를 마시면서 그런 말을 했다.

"천계—— 천사의 임무를 수행하는 것 같아."

내 맞은편에 앉은 제노비아가 그렇게 말했다.

호오, 천계, 천사의 임무라. 이리나는 오컬트 연구부 멤버 중에서 유일한 전생 천사다. 그녀 외에는 전부 악마거든. 뭐, 고문 교사인 아자젤 선생님은 타천사지만 말이야.

이리아는 평소에는 우리와 함께 행동하지만, 때때로 따로 행동하고는 했다. 예를 들자면 우리가 악마 영업을 할 때라든가 말이다.

우리는 늦은 밤에 이 부실에 모여 인간의 소환을 기다리지만, 그때 이리나는 이곳에 있지 않았다.

아무리 악마, 천사, 타천사 같은 3대 세력이 화평을 맺었다고 해도, 천사이기 때문에 악마의 일에 가담할 수는 없을 것이다.

뭐, 때때로 음료수 같은 걸 갖다 주러 올 때도 있지만……. 악마의 일에 직접 관여하지는 않는다.

"휴일에도 천사의 임무를 수행하러 간다면서 때때로 혼자서 외출할 때가 있어요."

아시아는 쇼트케이크의 딸기를 포크로 뜨면서 말했다.

즉, 이리나는 우리가 모르는 곳에서 이런저런 일을 하고 있는 거구나.

"……천사의 임무라. 어떤 건지 좀 궁금한걸."

내가 별생각 없이 그렇게 말한 순간, 아시아와 제노비아의 낯빛이 환해졌다. ……원래 그쪽 신자였던 이 애들은 천사, 천계라는 말에 민감하지…….

"그래. 나도 이리나의 임무── 아니, 천사가 평소 어떤 임무를 수행하는지 정말 궁금해. 나는 원래 교회 측의 전사였기 때문에 알기는 하지만, 이리나의 친구로서 그녀의 일하는 모습을 보고 싶어. 아시아도 그렇지?"

"예, 제노비아 씨! 저, 한 번이라도 좋으니까 천사가 임무를 수행하는 모습을 보고 싶어요!"

어라라, 왠지 좋지 않은 곳을 자극하고 만 것 같군. 저 두 사람은 완벽하게 신앙심 깊은 교회 관계자 모드가 되었다. 뭐, 전생하기 전까지는 교회에 소속되어 있었으니 신경 쓰이기는 할 거야.

"……하지만 역시 폐가 되겠죠……?"

아시아는 가라앉은 목소리로 그렇게 말했다. 한순간 흥미가 끓어오르기는 했지만 차분하게 생각해보니 이리나── 천계에게 폐가 될 것 같다고 판단한 것 같았다. 상냥한 마음씨를 지닌 아시아다웠다.

하지만 그런 아시아의 겸허한 마음을 씻어내려는 것처럼, 그 아이는 호쾌하게 부실 문을 열어젖히며 등장했다. ──이리나였다.

이리나는 고개를 끄덕이면서 의미심장한 미소를 지었다.

"후후후! 이야기는 들었어! 좋아! 내가 일하는 모습을 견학하게 해줄게!"

아무래도 이번에는 교회와 이리저리 얽히게 될 것 같았다…….

다음 휴일, 나와 아시아, 제노비아는 옆 마을의 외곽에 있는 교회 관련 건물에 도착했다. 이 주변에서 활동하는 교회 신도들의 거점 중 하나라고 한다.

그리고 3대 세력의 협력체제 중인 이 일대에서의 천계측 본부이기도 했다.

평소 이리나는 이곳에 와서 일을 하거나 보고를 하고 있다고 한다.

3대 세력의 동맹 때문에 서둘러 신설해서 그런지 건물 외관은 꽤 새로웠다.

교회 관련 시설답게 커다란 십자가가 눈에 확 들어오는 건물이었다. 건물의 크기 자체는 쿠오우 학원의 신 교사 정도는 되는 것 같았다. 서양풍이 아니라 현대풍의 꽤 멋진 건물이었다.

이리나는 우리에게 오늘 이곳으로 와달라고 했다. 그녀는 우리보다 먼저 이곳에 와 있을 것 같은데…….

참고로 리아스에게 허락은 받았다. "이 기회에 교회에 관해 공부하고 오렴." 하고 말하면서 그녀는 우리를 보내줬다. 그리고 천사 측의 허가도 받아줬다.

역시 내가 사랑하는 여성! 말이 통할 뿐만 아니라 그런 것까지 신경 써주다니! 아아, 리아스는 정말 좋은 사람이라니까…….하지만 예전에 교회에 가고 싶다고 말했다가 엄청 혼났었지. 3대 세력이 화평을 맺었다는 게 실감이 나는걸!

……으으, 악마라서 그런지 교회 관련 건물은 다가가기만 해도 오한이 느껴졌다. 그것은 아시아와 제노비아도 마찬가지인 것 같았다. 뭐, 어쩔 수 없지. 우리는 악마라서 천계와 관련된 곳에 다가가기만 해도 본능적으로 공포를 느끼니까 말이야.

하지만 화평을 맺은 후부터 악마와 천사는 싸우지 않게 되었으며, 평소에는 서로에게 거의 간섭하지 않았다. 그리고 공동의 적, 목적이 있을 경우에는 손을 잡기도 했다.

"……악마가 된 다음부터는 마을 안을 돌아다니다 교회가 눈에 들어올 때마다 오한을 느껴. 후후후, 악마로 전생한 신도에게 어울리는 벌일지도 몰라."

제노비아는 자학적인 어조로 그렇게 말했다. ……너는 이제 악마니까 그런 건 개의치 말라고. ……라고 말해줄까도 생각했지만, 아직 그건 힘들 것이다. 제노비아와 아시아는 교회의 시설에서 자랐으니 특히 더 그럴 거야.

"……미사에 참가하고 싶어요."

아아, 아시아가 애틋한 눈길로 저 건물을 쳐다보고 있어어어어엇! 예전에는 교회의 신도였던 만큼 저 건물을 보고 이런저런 생각이 드는 거겠지! 하지만 악마가 미사에 참가했다간 성스러운 행위가 성(聖)과 마(魔)가 뒤섞인 세기말적 상태가 되어버릴 것 같으니까 안 돼!

참고로 아시아는 오늘 나나 제노비아와 마찬가지로 쿠오우 학원의 교복을 입고 있었다. 휴일인데도 교복을 입는 것도 조금 그렇지만, 교회 관련 장소에 간다면 학생의 정장이라 할 수 있는 교복을 입고 가는 편이 좋겠다는 생각이 들었다. 제노비아는 나와 마찬가지로 교복을 입었지만, 아시아는 마지막까지 수녀복을 입을지 말지 고민했다. 결국 교회 측에 대한 배려도 고려해 「지금의 자신은 그레모리 권속」이라는 결론에 도달한 그녀는 우리와 마찬가지로 교복을 입었다.

"다들 와줬구나!"

건물 앞에 서 있는 우리에게 말을 건네면서 누군가가 나타났다. 이리나였다.

"오늘은 천사가 평소 어떤 임무를 수행하는지 가르쳐줄게 ♪"

이리나는 꽤 기분이 좋은지 목소리도 밝았다. 즐거워 보였다. 마치 친구가 자신의 집에 놀러 와서 기뻐하는 것 같은 느낌이었다.

이리나는 우리에게 무언가를 건네줬다. 목에 거는 카드 스트랩이었다. 회사원들이 목에 거는 사원증 같은 것이었다.

스트랩 안에는 우리의 얼굴 사진이 붙은 ID카드 같은 것이 들어 있었다.

이리나는 카드를 손가락으로 가리키면서 설명했다.

"이건 너희의 전용 특별 허가증이야. 천계 관련 장소에 들어가더라도 상호간에 영향을 끼치지 않게 되어 있어. 최근에 개발된 거라서 아직 관계자들 몫밖에 없대."

그렇구나. 악마가 천계의 영역에 들어가는 것은 아무리 동맹을 맺었다고 해도 문제가 될 여지가 있다. 특히 아시아가 지닌 성모의 미소——『트와일라이트 힐링』은 천계와 관련된 장소에 가면 나쁜 영향을 끼친다고 한다. 천계의 적인 악마나 타천사까지 치료할 수 있는 점이 그 원인인 것 같은데…….

이 스트랩을 목에 걸기만 해도 그 문제가 해소되는 건가?

나와 아시아, 제노비아는 약간 미심쩍어하면서 그 스트랩을 목에 걸었다.

——윽.

그러자 아까까지 나를 괴롭히던 오한이 거짓말처럼 사라졌다. 이 스트랩의 효과를 실감한 아시아와 제노비아는 깜짝 놀란 눈으로 자신의 손발을 쳐다보고 있었다.

"그 허가증을 지닌 동안에는 악마의 능력을 사용하지 마. 아직 연구 단계이기 때문에 무슨 일이 일어날지 알 수 없어."

이리나는 윙크를 하면서 보충 설명을 해줬다.

맙소사. 이걸 지닌 동안에는 능력을 사용해서는 안 되는 거구나. 게다가 마력을 사용하면 무슨 일이 일어날지 모른다니……. 으음, 고마우면서도 약간 무서운걸.

그러고 보니 우리의 ID카드가 준비되었다는 것은 리아스가 천계 측과 교섭을 해줬기 때문이리라. 스무스하게 일이 진행되었다는 사실에서 동맹을 맺은 두 진영 사이의 신뢰가 느껴지네.

그건 그렇고, 이런 카드 한 장만 있으면 천계의 영역에 이레귤러적인 존재가 들어갈 수 있는 거구나.

뭐, 본거지인 바티칸이나 천계에 들어가려는 것이 아니니까 이렇게 간단하게 허가가 나온 걸지도 몰라. 그런 중요한 곳에 우리가 가려고 했다면 천계 측의 태도도 달라졌을 테지.

"뭐, 우리가 힘을 사용하지만 않으면 딱히 문제가 될 건 없는 거잖아."

제노비아는 태연한 목소리로 그렇게 말했지만…….

나는 네가 힘을 쓸 것 같아서 걱정이야……. 제노비아는 힘에 의존한 공격을 날릴 때마다 머릿속의 나사가 느슨해져서 바보가 되는 것 같거든. 처음에 만났을 때는 강하고 쿨한 여검사 같은 느낌이었는데…….

지금은 키바가 나에게 매번 "제노비아가 사용하는 기술의 폭을 넓혀주고 싶어. 그녀는 전투 중에 아무 생각도 하지 않는 것 같거든……." 하고 유감스럽다는 어조로 말할 만큼, 『나이트』로서의 위엄이 실추되고 있었다.

"그럼 들어가자."

우리는 이리나의 뒤를 따르며 눈앞에 있는 건물에 들어갔다.

─○ ● ○─

우리는 자동문을 통과한 후, 안으로 들어갔다. 내부는 언뜻 보기에 평범한 사무실과 별반 다르지 않아 보였다.

통로를 지나는 관계자도 전부 양복을 입고 있었다. 마치 평범한 회사원 같았다.

하지만 때때로 신부나 수녀가 우리 옆을 스쳐지나갔다. ……진짜 신부와 수녀. 아시아가 입는 것과 똑같은 수녀복을 입었어! 신부를 보니…… 왠지 프리드 자식이 생각나네.

양복을 입은 관계자는 우리 옆을 지나가면서도 별다른 반응을 보이지 않았다. 하지만 신부와 수녀는 우리를 알아봤는지 약간 놀란 듯한 반응을 보이며 호기심 어린 눈길로 이쪽을 쳐다보았다.

……이곳에 파견된 에이전트라면 우리가 악마라는 것도 알겠지. 그리고 우리의 정체도 파악하고 있었다.

"……아, 바로 그…….."

"……소문으로는 들었지만……."

우리를 스쳐지나가는 이들의 낮은 목소리도 들렸다.

뭐, 목에 「효도 잇세이」라고 적힌 스트랩을 걸고 있으니, 내 이름을 아는 사람은 바로 알아볼 것이다.

……하지만 그것보다도 신경 쓰이는 점이 있었다. 그것은 지나가는 사람들이 이리나에게 건네는 인사였다.

"에이스 이리나 님, 오셨습니까."

"안녕하십니까, 천사 이리나."

"이리나 님, 나중에 주님께 올리는 제 기도를 지켜봐 주십시오."

양복을 입은 사람들——신부와 수녀를 불문하고, 이리나를 본 사람들 모두가 두 손을 모으며 기도를 올리거나 고개를 숙였다!

그들 모두가 이리나를 성자처럼 대했고, 경애했다! 그들의 태도는 경의로 가득 차 있었다!

그래! 깜빡했지만, 이리나는 천사장 미카엘 씨의 에이스다! 미카엘 씨가 소유한 카드——에이스에서 퀸까지의 열두 장의 카드 중 하나를 맡은 중요한 존재인 것이다! 그렇다. 미카엘 씨의 권속 천사는 열두 명밖에 없다! 그중 한 명인 것이니 엄청 중요한 포지션이라고 해도 과언이 아니다!

……평소 하이 텐션에 흥 많은 여고생 같아 보이기 때문에 이리나가 얼마나 중요한 존재인지 깜빡하게 된다니까. 그래. 신도 입장에서 본다면 미카엘의 에이스인 이리나는 존귀하기 그지없는 존재가 틀림없다.

"……이리나는 대단하네."

나는 중얼거리는 듯한 목소리로 그렇게 말했다. 그러자 이리나는 "잇세 군도 참. 무슨 소리를 하는 거야~?"라고 말하면서 깔깔 웃었지만…… 좋아. 앞으로는 아주 조금 엄청난 천사라고 생각해주자.

"대단해요……! 저도 이리나 씨를 동경할 것 같아요!"

"그래……. 신앙의 끝에 천사가 되었다면 교회 신도에게 있어 그 이상의 영광은 없겠지. 내 친구가 천사라는 걸 자랑으로 삼아도 될지 모르겠는걸."

아시아와 제노비아는 눈을 반짝이면서 그렇게 말한 후, 손을 모으며 기도를 올렸다! 그것도 친구인 이리나를 향해서! 아아, 이곳에 온 후로 이 두 사람의 신앙심은 더욱 깊어지고 있는 것 같아! 평소 악마로서 살아가고 있지만, 두 사람의 마음속 깊은 곳에 존재하는 것은 신을 향한 신앙심인 것이리라.

이리나가 문득 이쪽을 향해 돌아서더니, 어색한 미소를 지었다.

"미안해. 이곳에 있는 사람들은 모든 파벌 안에서 뽑은 양식적인 사람들이지만…… 역시 악마—— 아니, 너희가 신기한가 봐."

아, 그렇구나.

"딱히 신경 안 써. 일단 이 사람들은 알고 있는 거잖아? 테러리스트에 관한 거라든가, 일전에 명계에서 벌어진 마수 소동에 관한 것도 말이야."

"응. 3대 세력의 동맹거점에 소속된 사람들은 모든 파벌 안에서도 일정 조건을 클리어한 사람들이야. 평소에는 겉으로 드러나게 행동하지 않으면서 우리를 그늘에서 지원해주고 있어. 그리고 겸사겸사 포교 활동이나 퇴마 활동도 해."

이리나는 그렇게 말했다. 천계 사이드도 보이지 않는 곳에서 전투에 직접적으로 참가하는 우리를 지원해주고 있다는 이야기는 들었다. 방금 우리를 스쳐지나간 신부와 수녀가 그런 임무를 담당하는 사람들이구나……. 하지만 방금 이리나는 그것보다 더 신경 쓰이는 이야기를 했다.

"퇴마…… 악마를 말이야?"

혹시나 싶어서 내가 묻자, 이리나는 쓴웃음을 지었다.

"아냐. 이 주변을 영역으로 삼는 악마—— 리아스 씨나 소나 씨도 그렇지만, 그녀들은 우리와 동맹을 맺은 소중한 동료들이 잖아. 그런 짓은 안 해. 그리고 리아스 씨 일행이 나쁜 짓을 할 리가 없잖아?"

그건 그렇다. 리아스가 일반인에게 나쁜 짓을 할 리가 없다. 그녀는 인간에게 경애를 표하니까 말이다.

그럼 대체 뭘 퇴마하는 거지?

"아, 악령이나 사악한 정령 말이구나?"

제노비아가 내 의문을 해소해줬다. 아~, 악령이구나. 납득했어. 나쁜 유령을 퇴치하는 거네.

이리나는 고개를 끄덕였다.

"응. 악령이나 나쁜 짓을 하는 정령은 끝없이, 그야말로 무한히 출현하는 존재야. 그런 것들 때문에 곤란해하고 있는 사람들을 구하는 일도 하고 있어."

"그건 리아스 언니도 하고 있는 일이네요."

아시아는 그렇게 말했다. 맞아. 리아스도 의뢰에 따라 악령 퇴치를 하기도 해.

이리나는 계단을 올라가면서 한숨을 내쉬었다.

"실은 말이야. 3대 세력이 협력 체제를 맺으면서 엑소시스트가 축소되는 경향을 보이고 있어."

아자젤 선생님도 그런 이야기를 했던 것 같은데……. 이리나는 말을 이었다.

"교회에 소속된 신부, 수녀처럼 이형의 존재와 싸우는 자——전사들 말인데, 그들은 협력 체제의 영향으로 싸울 상대가 줄어들고 말았어. 지금까지는 악마나 타천사를 상대로 영역 쟁탈전을 했지만, 악마와 타천사, 요괴가 아군이 된 바람에 싸울 상대가 줄어들고 만 거야. 현재는 마물이나 동맹을 거부한 흡혈귀 같은 게 주된 상대야. 덕분에 전사들의 숫자도 앞으로 감소시킬 예정이야. 평화로워지면 싸울 필요가 없어지거든. 테러리스트라는 공동의 적이 있기 때문에 급격하게 줄이지는 않겠지만……."

그렇구나……. 엑소시스트 세계도 고생이 많은 것 같네. 일자리를 잃은 엑소시스트 신부라…….

"주님을 위해 목숨을 걸고 싸워온 이들에게 있어 검은 삶의 보람이나 마찬가지지. 그런 검을 놓는 것은 힘들 거야. 나라면 앞으로 어떻게 살아가야 할지 고민하게 될지도 몰라."

제노비아는 그렇게 말했다. 전사이기에 하게 되는 고뇌인가. 이 녀석도 앞으로 어떻게 살아갈지 고민하다, 될 대로 되라는 심정으로 악마로 전생했지. 그때 엄청 고민한 것 같은데…….

"참고로 매우 중요한 위치에 있는 이들 이외에게는 주님에 관한 것을 비밀로 하고 있어. 경건한 신도에게 그런 사실을 알려줄 수는 없잖아."

이리나는 안타까운 눈빛을 띠면서 말했다. 그래. 여기 있는 이들은 기본적으로 성서에 실린 신이 존재하지 않는다는 사실을 모르는구나. 당연해. 아시아, 제노비아, 이리나는 그 사실을 알고 마음의 균형이 무너질 뻔했으니까 말이야. 교회에 소속된 자에게 있어 그 정보는 극약 그 자체다. 아무것도 믿지 못하게 되어, 자포자기를 하게 되면 큰일일 것이다.

우리는 계단을 올라갔다. 그런데 우리는 대체 어디로 향하고 있는 거지? 그런 생각을 하면서 이리나의 뒤를 따르다보니——그녀는 어떤 문 앞에 멈춰 섰다.

문에는 천계의 문자와 십자가가 새겨져 있었다. 위엄이 느껴지는 문이었다. 이 문 너머에 있는 이는 꽤 높은 지위에 있는 사람일 것 같았다.

이리나는 노크를 하기 전에 우리에게 말했다.

"실은 이 일대의 천계 스태프를 통괄하는 지부장님이 지금 이곳에 계셔. 평소에는 교회 본거지인 바티칸과 천계를 오고 가며 일을 하느라 눈코 뜰 새 없이 바쁘지만, 오늘은 특별히 아주 잠시 시간을 내주셨어. 아, 참고로 말하자면 그 사람은 나와 마찬가지로 전생 천사야."

흐음, 지부장이라. 그러고 보니 이 일대를 통괄하는 천사 쪽 책임자에 대해 나는 아는 것이 하나도 없지. 뭐, 딱히 물어보지 않았을 뿐이지만 말이야. 리아스나 아자젤 선생님이라면 알고 있겠지.

천계 측의 스태프는 정말 수수께끼에 싸여 있네. 뭐, 악마나 타천사 측의 스태프도 나는 잘 알지 못하지만…….

"지부장이 전생 천사구나. 분명 성인 급의 신도겠지? 정말 기대되는걸."

제노비아는 기대감으로 가슴을 가득 채우고 있는 것 같지만, 그런 그녀를 본 이리나는 의미심장한 미소를 지었다.

"우후후. 제노비아도 분명 깜짝 놀랄 거야."

이리나는 그렇게 말하면서 노크를 했다. 안에 있는 사람이 "들어오세요." 하고 정중한 목소리로 말했다. ……목소리로 볼 때 젊은 여성 같았다.

열린 문을 통해 안으로 들어가 보니—— 임원용 사무책상 앞에 한 수녀가 앉아 있었다. 머리에 베일을 쓴 탓에 헤어스타일은 확인할 수 없었다.

그 사람은 북유럽 느낌의 용모와 푸른 눈동자를 지닌 누님이었다! 여배우 같은 뚜렷한 이목구비를 지닌 상당한 미인이다! 나이는…… 20대 후반 같아 보였다. 온화한 표정을 짓고 있는 그녀에게서는 상냥한 분위기의 아우라가 느껴졌다.

"여러분, 이렇게 와주셔서 감사합니다."

수녀는 자리에서 일어나더니, 우리를 맞이했다.

나는 부드러운 목소리로 그렇게 말하는 수녀의 몸에서 눈을 떼지 못했다! 수녀복 때문에 몸매가 명확하게 드러나지는 않지만, 요즘 들어 여성에 대한 관찰안이 향상된 덕분에 어느 정도 독자적인 예상을 할 수 있었다.

아마 그녀는 상당한 글래머! 옷을 벗으면 엄청난 타입이다! 엉덩이는 안산(安産) 형이며, 다리의 굵기 또한 너무 가늘지도 두껍지도 않은, 그야말로 적정 수준이 틀림없다!

내가 엉큼한 시선을 보내는데도 수녀는 빙긋 웃기만 할 뿐이었다. 그 모습을 보고 죄책감이 느껴지는 것은 이곳이 교회 관련 시설이기 때문일까?! 청순한 분위기를 지닌 미녀 수녀의 미소를 보니, 악마인데도 불구하고 참회가 마구 하고 싶어졌다!

……바로 그때, 나는 옆에 있는 제노비아가 딱딱하게 굳어버렸다는 사실을 눈치챘다. 이 녀석, 얼굴이 새파랗게 질렸잖아!

제노비아는 상기된 목소리로 말했다.

"시, 시시시시시시시시시시시, 시스터 그리젤다! 어, 어어어어어어어어어어어째서 이, 일본에 있는 거야?!"

어라, 아는 사이인가? 제노비아 녀석은 당황할 대로 당황한 것 같았다. 이 녀석이 이렇게 당황하는 건 정말 흔치 않은 일이다! 언제나 당당하니까 말이야.

시스터 그리젤다라고 불린 여성은 미소를 머금은 채 입을 열었다. 그리고 우리를 향해 든 그녀의 손등에는 『Q』라는 문자가 떠올라 있었다.

"반가워요, 그레모리 권속 여러분. 저는 4대 세라프인 가브리엘 님의 퀸인 그리젤다 콰르타라고 해요. 이 지부의 책임자랍니다. 앞으로 잘 부탁드려요."

오오, 4대 세라프── 가브리엘 씨의 퀸! 그 초절정 미녀 천사 님의 퀸이구나! 그 정도면 천계에서도 상당한 요직일 것 같은데?

"시스터 그리젤다……. 저분은 고명한 신도세요. 저도 교회에 소속되어 있을 때 저분의 이름을 몇 번이나 들었어요."

아시아도 알 정도구나. 이리나는 고개를 끄덕이면서 말했다.

"참고로 가브리엘 님이 관장하는 카드는 하트야. 즉, 시스터 그리젤다는 하트의 퀸이지. 그래서 다른 사람들은 그녀를 『퀸 오브 하트』라고 불러."

헤에, 『퀸 오브 하트』! 이리나는 에이스이고, 미카엘 씨가 관장하는 카드는 스페이드. 그럼 이리나는 스페이드의 에이스! 양쪽 다 트럼프 카드 안에서도 꽤 유력한 카드다.

하트의 퀸인 천사와 스페이드의 에이스인 천사가 이 지부에 있는 것을 보면, 역시 천사에게 있어서도 이곳은 중요 거점인 것이리라.

하지만, 이리나가 스페이드의 에이스라는 게 여전히 실감이 나지 않았다. 이리나가 평소 어떻게 생활하는지 알고 있기 때문에 그런 거려나…….

시스터 그리젤다의 시선이 나를 향했다.

"적룡제 효도 잇세이 씨죠? 이야기는 많이 들었답니다. 수많은 공적을 세운 명계 최고의 기대주라면서요?"

"그, 그게, 기대주까지는……."

미녀에게 그런 말을 들으니 부끄럽사옵니다! 내가 얼굴을 새빨갛게 붉히며 황송해하자…… 시스터 그리젤다는 빙긋 웃으면서 말을 이었다.

"일곱 개의 대죄 중 하나── 색욕이 매우 강하신 것 같군요. 그야말로 악마답다고나 할까요. 게다가 드래곤이시죠. 주님의 가르침에 따르면 드래곤은 사악한 존재. 『색욕을 지닌 악마이자 드래곤』…… 우후후. 자극에 약한 저희 신도가 들었다간 기절해버릴 것 같은 문구군요."

치, 칭찬받고 있는 건지, 욕을 듣고 있는 건지 잘 모르겠지만……

바로 그때, 이리나가 나에게 귓속말을 했다.

'시스터 그리젤다는 악마에게 엄청 엄격해. 동맹 전까지는 주님을 위해, 하늘을 위해, 악마나 타천사와 싸워온 분이거든. 그리스도교 모든 파벌, 특히 여성 엑소시스트 안에서 다섯 손가락 안에 들어가는 실력자셨어. 하지만 나쁜 분은 아냐. 방금 그것도 시스터 나름의 농담 같은 거야.'

악마를 퇴치해온 용감무쌍 시스터인 거구나! 게, 게다가 방금 그게 농담? 확실히 말에서 악의가 느껴지지는 않았으니까, 농담 섞인 인사일 것이다.

"그럼 다음은—— 제노비아."

시스터의 시선이 제노비아를 향했다. 제노비아는 입가를 부르르 떨면서 고개를 돌리려고 했지만, 순식간에 다가온 시스터가 그녀의 얼굴을 양손으로 잡았다.

환한 미소를 입가에 머금은 시스터는 박력이 서린 목소리로 제노비아에게 말했다.

"오래간만이에요, 전사 제노비아. 설마 이런 곳에서 재회하게 될 거라고는 생각도 못했어요."

목소리 자체는 차분했지만, 왠지 그 안에는 분노가 서려 있는 듯한 느낌이 들었다……

"……으, 응, 시스터 그리젤다. 오, 오래간만이야……. 자,

잘 지냈어……?"

오오, 땀을 비 오듯 흘리면서 이렇게 떨리는 목소리로 말하는 제노비아는 처음 봤어! 신선해!

"잘 지냈어, 같은 말을 할 때가 아닐 텐데요? 왜 임무를 수행하러 일본에 간 후, 귀환도 하지 않고 악마로 전생한 거죠? 게다가 왜 지금까지 단 한 번도 연락을 하지 않은 건가요? 지금 이 상황에서 제가 당신에게 할 말을 꼽자면, 무슨 낯짝으로 여기에 온 거냐, 이려나요……!"

제노비아의 얼굴을 잡은 손에 점점 힘이 들어가더니, 거칠어지는 말투에 비례해 분노 게이지 또한 상승하고 있었다! 아까까지의 상냥한 인상이었던 시스터에게서 뿜어져 나온 엄청난 위압감이 이 방 안을 지배하고 있었다.

이리나가 나와 아시아에게 말했다.

"시스터와 제노비아는 같은 시설 출신이야. 그리고 시스터는 제노비아의 엑소시스트 선배이기도 해. 교회 측 사람들 중에서 제노비아와 가장 오래 알고 지냈다는 것 같아. 나도 제노비아와 콤비로 활동할 때 몇 번이나 시스터에게 신세를 졌어."

그랬구나! 흐음, 제노비아의 고향 지인인 거군! 이 녀석은 자기 과거는 거의 이야기하지 않아서 수수께끼투성이지만, 그래도 조국에 지인이 있긴 했던 거네.

얼굴을 잡힌 탓에 도망칠 수가 없는 제노비아가 이리나에게 말했다.

"이리나! 왜, 왜, 시스터 그리젤다에 대한 걸 지금까지 가르쳐

주지 않은 거야! 이, 이곳의 지부장이 그녀라는 걸 알았으면, 나는 오늘 여기에 오지 않았을 거라구!"

"그 이야기를 하면 오늘 오지 않을 것 같아서 일부러 말하지 않은 거야. 제노비아는 악마가 된 후로 시스터 그리젤다에게 한 번도 연락을 하지 않았다면서?"

"다, 당연하지! 연락했다간…… 시스터 그리젤다 손에 죽었을 거란 말이야!"

제노비아는 버둥거렸지만, 시스터 그리젤다에게 얼굴을 잡힌 탓에 도망칠 수가 없었다. 머리를 세게 잡힌 탓에 얼굴이 이상하게 일그러졌다. 그 모습을 본 이리나는 풋 하고 유쾌한 웃음을 터뜨렸다.

시스터 그리젤다는 양손으로 제노비아의 볼을 최대한 잡아당기면서 말했다.

"당신이 일본에서 악마로 전생했다는 이야기를 들었을 때는 정신이 나가버릴 것만 같았어요. 제가 성심성의를 다해 주님의 가르침을 설파해온 당신이 악마가 되다니……. 당신은 옛날부터 다른 사람의 말을 듣지 않고, 멋대로 행동하며, 영문 모를 지론을 만들어낸 탓에 문제아 취급을 당하기는 했지만, 상냥한 심성을 지닌 여자애라고 저는 믿고 있었답니다."

그렇다. 시스터 그리젤다의 말이 옳다. 제노비아는 남의 말을 듣지 않고, 멋대로 행동하며, 영문 모를 지론을 만들어내는 정말 골치 아픈 여자애입니다요. 우리도 매번 그녀 때문에 고생하고 있다고요, 시스터 그리젤다!

하지만—— 그게 제노비아의 전부는 아니라고.

바로 그때, 아시아가 시스터 그리젤다에게 말을 길었다.

"시스터 그리젤다. 부디 제노비아를 용서해 주세요. ……교회에서 쫓겨나 악마가 된 제가 이런 말을 해봤자 설득력이 없겠지만…… 그래도 제노비아 씨는 좋은 사람이에요. 저희의 소중한 동료이며, 저를 몇 번이나 구해줬어요. 게다가…… 제노비아 씨는 저의 소중한 친구예요. 그러니 용서해주세요."

아시아는 진심으로 시스터 그리젤다에게 사죄했다. 동료—— 친구를 감싼 것이리라. 그렇다. 아시아에게 있어 제노비아는 소중한 친구다.

아시아의 말을 들은 시스터 그리젤다는 제노비아의 볼을 놓았다. 그리고 다시 온화한 표정을 지었다.

"시스터 아시아. 당신에 대해서도 알고 있어요. 몸에 지닌 세이크리드 기어의 영향으로 힘든 일을 겪었다고 들었어요. 나중에 특례 ID카드를 발행해 드리죠. 그것을 가지고 있으면 이 지역 한정이기는 하지만 교회의 행사에도 어느 정도 참가할 수 있을 거예요."

그 말을 듣고 깜짝 놀란 표정을 지은 아시아는 황송해했다.

"그, 그래도…… 괜찮은 건가요? 그렇게 소중한 걸 악마가 된 저에게……."

아시아가 머뭇거리면서 묻자, 시스터 그리젤다는 만면에 미소를 지으면서 고개를 끄덕였다.

"예. 설령 악마가 되었다고 해도 신앙심을 지니고 있다면, 당신은 저희의 동지랍니다. 악마이기에 부자유스러운 점도 많겠지만, 주님의 가르침을 믿는다면 저희와 함께할 수 있을 거예요."

시스터의 말을 듣고 감동했는지 아시아의 눈시울이 뜨거워졌다.

"잘됐네, 아시아! 미사에 참가할 수 있을지도 몰라!"

내가 그렇게 말하자, 아시아는 "예!" 하고 힘차게 대답하면서 진심으로 기뻐했다.

시스터는 제노비아의 볼을 또 잡아당기기 시작했다.

"시스터 아시아. 괜찮다면 앞으로도 이 곤란한 아이의 친구로 지내 주세요."

"물론이에요! 그, 그리고, 저는 이제 시스터가……."

"적어도 저는 당신을 시스터로 대할 거랍니다."

시스터 그리젤다의 그 말을 들은 아시아는 진짜로 녹다운될 뻔했다. 그 정도로 오늘은 그녀에게 있어 최고의 날인 것이리라. 악마가 되면서 잃고 만 것들을 차례차례 되찾고 있으니까 말이다.

역시 이 시스터는 좋은 사람인 것 같았다.

"시스터 아시아에게는 색욕 덩어리인 악마와 자유분방한 악마를 다루는 법을 가르쳐 드리죠. 우후후. 이래 봬도 저는 수많은 악마를 퇴치해 왔답니다. 그 정도는 식은 죽 먹기예요."

……아무래도 나와 제노비아에게는 엄격한 것 같았다.

이리나는 다시 시스터에게 말했다.

"일전에 말씀드렸던 대로, 오늘은 천사가 임무를 수행하는 모습을 보여줄까 해요."

"예. 좋은 생각이에요. 악마가 천사가 임무를 수행하는 모습을 견학한다. 이 정도로 3대 세력이 맺은 동맹의 의의를 강하게 느낀 적은 없군요. 부디 천사가 임무를 수행하는 모습을 지켜봐 주세요. 에이스 이리나, 실수하지 않도록 주의해 주세요."

"예!"

이리나는 힘차게 경례를 하면서 대답했다.

그렇게, 우리는 천사가 임무를 수행하는 모습을 견학하게 되었다.

− ○ ● ○ −

"아아, 천사여. 내 참회에 귀를 기울여주소서~."

한 남성 신자가 건물 안에 있는 예배당에서 무릎을 꿇고 참회하고 있었다.

"예. 저라도 괜찮다면 당신의 이야기를 들어 드리지요."

머리 위에 고리를 띄운 이리나는 천사의 날개를 펼친 채 신자의 고민을 듣고 있었다. 신자는 이 지부에서 일하는 관계자이며, 천사의 존재를 알고 있다.

현재 상황을 간결하게 설명하자면, 「천사의 고민 상담실」이다. 고민을 가지고 있는 신도에게 상담을 부탁받은 그녀는 이렇게 예배당에서 신도가 지닌 고민을 들었다.

"신은 음란 DVD를 잔뜩 빌린 것을 분명 용서해주실 거랍니다."

남성의 고민을 들은 이리나는 그렇게 대답했다. 우리는 예배당의 의자에 앉아 이리나가 일하는 모습을 견학하고 있었다. 하지만 고민도 고민이지만, 그 고민에 답하는 이리나의 모습도 왠지 웃겼다.

　순백의 날개옷 같은 것을 걸치고, 신성한 느낌이 나도록 광력(光力)을 펼쳤으며, 말투와 태도 또한 억지로 고친 티가 팍팍 났기 때문이다.

　"어이, 이리나의 상담실은 연출이 너무 과도한 것 같지 않아?"

　나는 아시아와 제노비아를 향해 그렇게 말했지만…….

　"……."

　"……."

　두 사람은 흥미 깊은 눈길로 이리나가 일하는 모습을 견학하고 있었다. 그녀들에게는 이 광경이 꽤나 공부가 되는 것 같았다.

　……유감스럽게도 나와는 감수성이나 사고방식이 다른 것 같았다. 분명 자라온 환경이 다르기 때문이리라. 두 사람과 같은 느낌을 받지 못하는 것이 꽤나 유감스럽다는 느낌마저 들었다.

　이리나는 그 후에도 여러 신자들의 이야기를 진지하게 듣고 대답했다.

　두 시간 만에 상담이 끝나자, 이리나는 다른 일을 하러 갔다. 물론 우리도 그녀의 뒤를 따랐다.

　건물 안에 있는 다른 성당으로 향한 이리나는 아기를 데리고 온 젊은 부부를 상대했다.

　"천사 님. 부디 이 아이에게 성스러운 이름을 지어주소서."

오오, 천사에게 이름을 지어달라고 부탁하러 온 거구나.

"예!"

이리나는 쾌히 승낙한 후, 준비해온 종이에 펜으로 글자를 적었다.

"자아, 이 아이의 이름은 『야곱』 군이에요! 아, 한자로는 『治虎武』라고 써요! 성인의 이름을 따왔어요!"

네가 무슨 20세기의 폭주족이냐, 그딴 식으로 이름을 짓게에 에에엣! 대충 이름을 지은 후, 한자를 일본식 발음으로 끼워 맞춘 티가 팍팍 나잖아! 아니, 진지하게 생각해본 후에 지은 이름이겠지만 말이야!

"감사합니다, 천사 이리나 님!"

어라라라! 저 갓난아기의 부모들은 기뻐하고 있잖아! 자기 자식에게 그런 말도 안 되는 이름이 붙었는데에에에엣!

"음, 좋은 이름이야."

"예. 역시 이리나 씨예요."

제노비아와 아시아도 납득했잖아?! 영문을 모르겠네! 나는 교회 신자들의 감각을 이해할 수가 없다고!

이리나가 다음으로 향한 곳은 건물 안에 있는 스튜디오였다. 그곳에는 촬영기구와 전속 남성 카메라맨이 준비되어 있었다. 그 사람은 수영복으로 갈아입은 이리나의 사진을 찍어대기 시작했다!

"아주 좋아요~, 이리나 님. 그럼 이번에는 이런 포즈를 취해 보세요."

"이, 이렇게요?"

"그래요! 그럼 찍겠습니다!"

귀여운 포즈를 취한 이리나를 향해 플래시가 터졌다.

……나중에 들은 바에 따르면 일부 신도들을 대상으로 발간되는 내부인 전용 잡지 『주간 브레이브 엔젤』이라는 게 존재한다고 한다. 그리고 그 잡지의 이번 특집에서는 미카엘 씨의 에이스—— 이리나를 다룬다고 한다.

"이리나 씨는 천사의 존재를 아는 교회 관계자들 사이에서 꽤 인기가 있다고 해요."

아시아가 그런 정보를 줬다.

……이런 아이돌틱한 일까지 하는구나. 아니, 그건 우리도 마찬가지인가? 아무튼 이리나도 이쪽 업계에서는 유명해서 꽤 인기가 있는 것 같네.

하긴, 이리나는 귀엽지. 인기가 있는 것도 이해가 되지만……이, 이것도 천사의 임무인 건가……. 점점 내가 상상했던 이미지와 멀어지고 있는 것 같은데…….

촬영을 끝낸 이리나에게 남성 카메라맨이 말했다.

"후후후. 이리나 님. 오늘은 애인을 데리고 오셨군요. 저자가 그 소문 자자한 드래곤 보이프렌드인가요?"

카메라맨이 나를 쳐다보았다. ……어이어이, 내가 이리나의 애인이라는 소문이 돌고 있는 거야?

그 말을 들은 이리나는 갑자기 얼굴을 새빨갛게 붉혔다.

"그, 그, 그게, 그러니까……! 잇세 군은 소꿉친구라고나 할까⋯⋯!"

당황한 이리나는 상기된 목소리로 말했다.

"이리나 님은 신도들 사이에서 인기이니, 애인이 있다는 사실이 알려지면 남성 팬들이 꽤나 충격을 받겠죠."

카메라맨은 그렇게 말한 후, 호탕하게 웃었다.

이리나는 계속 당혹스러워했고——.

"⋯⋯애인인가요?"

"호오, 애인이구나."

울먹거리고 있는 아시아와 도끼눈을 뜬 제노비아가 나를 노려보았다!

"차, 차암! 잇세 군도 뭐라고 말 좀 해 봐!"

이리나가 나에게 다가오며 그렇게 말한—— 바로 그 순간이었다. 이리나는 촬영기기의 코드에 발이 걸려⋯⋯.

"꺄앗!"

나를 향해 쓰러졌다! 나는 겨우겨우 이리나를 받아냈지만——.

말캉 하는 소리를 내면서 손바닥을 통해 천사의 피부가 느껴졌다! 고개를 숙여보니 쓰러지면서 수영복 상의가 벗겨진 바람에, 내 손이 이리나의 가슴에 다이렉트로오오오오오오옷!

여, 여전히 확연한 존재감이 느껴지는 가슴이다! 그리고 무엇보다 피부의 질감이 정말 끝내줬다! 그야말로 천사 같은 감촉이다!

"오오, 이리나 님! 이런 데서 소꿉친구 애인과 포옹을 하시다니, 정말 대담하군요!"

카메라맨은 나와 이리나가 포옹하고 있는 모습을 사진으로 찍었다!

당사자인 이리나는 부끄러움을 참듯 안타까운 표정을 지었다.

"……이, 이런 건 안 돼, 잇세 군. ……아하, 이런 식으로 소꿉친구의 선을 넘을 생각인 거구나……."

이, 인마, 그런 소리를 할 때가 아니라고! 네 날개, 지금 흰색과 검은색을 왔다갔다 하고 있거든? 타천의 위기에 직면해 있다고! 눈치채! 나는 이대로 끝까지 가도 되지만, 이리나 너는 이대로 타락해버려도 되는 거냐아아아아아아앗!

꼬오오오옥, 바로 그때 누군가가 내 볼을 잡아당겼다.

"……그쯤 하세요."

"우리가 보는 앞에서 새치기하는 건 용서 못해. 할 거면 넷이서 같이 하자구."

아시아와 제노비아가 내 볼을 잡아당기고 있었다.

……어이, 제노비아. 네 방금 발언도 꽤나 이상하거든?

그 후에도 이리나는 천사의 임무를 수행했다. 서류 정리부터 요리 교실, 그리고 다과회에도 참가했다.

……천사라기보다 잡일꾼 같아 보였다. 하지만 다른 이들은 이리나에게 많은 기대를 걸며 의지하고 있었다. 내가 생각하는 것 이상으로, 천사는 교회 신자에게 있어 소중한 존재인 것 같았다.

현재 우리는 이 건물 안에 있는 식당에서 잠시 휴식을 취하고 있었다.

"이야, 오늘 꽤 재미있었어."

나는 솔직한 감상을 말했다. 정말 도움이 많이 되었습니다요. 천계의 관련 지부에 와본 것은 처음인 데다, 이렇게 많은 교회 신자들과 접해본 것도 처음이었다. 정말 신선한 경험이었어.

"최고의 하루였어."

"예. 정말 끝내줬어요."

제노비아와 아시아는 엄청 만족한 것 같았다. 당연했다. 악마가 되면서 금지되었던 것들을 다시 접했으니까 말이다.

"아무래도 얼추 다 견학한 것 같군요."

바로 그때 시스터 그리젤다가 나타났다. 그녀는 미소를 지으면서 말했다.

"참, 젊은 전사들에게 엑소시스트로서의 실전 연습을 하게 할 건데, 견학하겠어요?"

엑소시스트로서의 실전 연습이라. 좀 관심이 가는 걸.

"하지만 연습에 쓸 악령을 좀처럼 구할 수가 없답니다⋯⋯. 얼마 전에 대규모로 일제 섬멸을 했거든요."

시스터는 나를 쳐다보았다. ⋯⋯어? 나?

"드래곤이자 악마인 당신이 젊은 전사들의 연습 상대가 되어줬으면 감사하겠습니다만⋯⋯. 색욕만 제거하는 건 어떨까요? 엉큼한 건 좋지 않아요."

시스터의 영문 모를 제안을 들은 나는 간담이 서늘해졌지만, 아시아와 제노비아는 고개를 끄덕였다.

"예. 잇세 씨는 색욕을 줄이는 편이 좋을지도 몰라요."

"응. 엉큼한 건 괜찮지만, 도가 지나친 성욕은 때로 여자를 당혹스럽게 하거든."

뭐라굽쇼오오오오오오오옷?! 내 색욕을 제거하겠다고?! 말도 안 돼!

"이리나! 네가 좀 말려 봐!"

나는 이리나에게 도움을 요청했지만──이리나는 얼굴을 새빨갛게 붉히면서…….

"……잇세 군과는 타천하지 않는 관계를 유지하고 싶으니까, 찬성이려나?"

윙크를 했다! 이 건물에 있는 교회 파워 때문인지, 천계에서 은혜를 베푼 건지는 모르겠지만, 세 사람의 교회 신도 정신이 급격하게 상승하고 있어!

"싫어어어어어어어어어어엇! 성욕이 사라지는 건 절대 안 된다고오오오옷!"

그 자리에서 바로 도망친 나는 제노비아에게 쫓기기 시작했다. 그리고 「색욕=죄」라는 인식이 존재하는 교회에는 당분간 다가가지 말자고 결심했다.

역시 에로스에 관용적인 악마가 최고대이!

Life.6 온천에 가자!

어느 날의 방과 후, 직원회의를 끝마치고 나타난 아자젤 선생님은 우리를 보자마자 이렇게 말했다.

"좋아. 다 같이 이즈에 가자. 일전의 마수 소동 때 활약한 너희를 위한 위안 여행이다."

이 사람이 뜬금없는 소리를 하는 건 하루 이틀 일이 아니지만, 그래도 위안 여행이라…… 게다가 마수 소동은 왜 튀어나온 거지?

뭐, 그 사건 때문에 우리는 몸과 마음이 완전 피폐해졌지만……. 나도 육체를 한 번 잃었고 말이야.

리아스는 보고 있던 서류를 내려놓으면서 말했다.

"위안 여행이라, 좋은 생각이네. 일정은?"

"응? 리아스는 선생님의 난데없는 제안에 찬성인 거예요?"

나는 선생님의 제의에 바로 오케이한 리아스에게 물었다. 평소의 그녀라면 "느닷없이 그런 소리 좀 하지 마. 이쪽에도 사정이라는 게 있단 말이야." 라고 말했을 것이다. 실제로 그녀는 악마의 업무를 우선시하는 현장제일주의자 같은 측면을 지녔다.

"응. 딱히 한숨 돌리자는 건 아니지만, 나도 너희의 기운을 북돋아줄 뭔가를 준비해야겠다고 생각하던 참이야. 커다란 사건이 연달아 터지는 바람에 다들 피로도 축적되었을 거잖니? 그러니 기분 전환도 되는 좋은 제안이라고 생각해."

리아스가 그렇게 말했다.

그건…… 그래. 2학기가 시작된 후에 터진 사건만 해도, 구 마왕파의 테러, 악신 로키의 습격, 수학여행지와 승격 시험 후에는 영웅파에게 공격을 받았고, 그다음에는 명계 전체가 휘말리는 거대 마수 소동—— 정말 당치도 않는 사건들의 연속이었다. 이렇게 다들 무사한 것이 기적처럼 느껴질 정도다.

확실히 리아스의 말대로 다들 몸과 마음에 대미지를 입은 것도 사실이다.

고개를 끄덕이던 선생님은 우리를 둘러보면서 말했다.

"바로 그거야. 너희는 엄청난 소동에 고개를 들이밀었지. 젊은 너희가 그런 수라장, 사선을 넘으면 몸과 마음에 상처가 남아도 이상할 것이 없어. ——그래서 위안 여행을 가자는 거라고! 리아스, 일정은 다음 주 주말이 어때? 이런 건 바로 실행하는 편이 좋거든! 뭐, 장소는 이미 수배해뒀어. 남은 건 너희가 동의하기만 하면 된다고."

우리는 리아스와 선생님을 번갈아 쳐다보았다. 그러자 리아스는 고개를 끄덕이면서 말했다.

"좋아. 그럼 다음 주 토요일에는 다 같이 이즈에 가자."

이렇게 우리 오컬트 연구부는 이즈 1박 2일 위안 여행을 결행하게 되었다.

　그리고 다음 주 토요일.

　하늘은 아침부터 맑았다. 여행하기 딱 좋은 날씨였다.

　우리는 전날 밤에 여행 준비를 마친 후(다들 들뜬 얼굴로 즐겁게 짐을 싸더라고. 물론 나도 마찬가지야), 오전 열 시에 우리 집 앞에 모였다.

　"저, 실은 예전부터 이즈에 한번 가보고 싶었어요."

　레이벨은 눈을 반짝이면서 그렇게 말했다. 요즘 들어 일본에 대해 공부하고 있기 때문인지 전국의 유명 관광지에 관심을 가지고 있는 것 같았다.

　"······이즈의 생선은 맛있다니 정말 기대돼요."

　코네코는 관광지의 음식을 기대하고 있는 것 같았다.

　키바와 개스퍼가 도착한 후, 우리는 선생님과 로스바이세 씨를 기다렸다.

　효도가에 살지 않는 선생님은 그렇다 치더라도, 한집에서 사는 로스바이세 씨가 집합 시간에 늦다니······. 설마 100엔 숍에 여행용품을 사러 간 건가? 하지만 시간에 엄격한 로스바이세 씨가 그런 이유로 늦을 리가 없다.

　내가 고개를 갸웃거리고 있을 때, 등 뒤에서 제노비아를 비롯한 교회 트리오의 목소리가 들렸다.

　"······마방진으로 이동할 줄 알았더니, 차로 가는 거구나."

제노비아는 그렇게 말했다.

……뭐? 오늘 차로 이동하는 거야?

"차로 이즈까지 가는 거야?"

내가 트리오의 대화에 끼어들자, 이리나가 고개를 끄덕였다.

"응. 어제 그렇게 들었어. 아자젤 선생님도 차로 온대."

선생님이 차로?

"그래. 오늘은 차로 이동하게 됐어. 아자젤의 제안으로 갑작스럽게 그렇게 됐어."

리아스도 그렇게 설명했다. 그거, 선생님의 아이디어인가? 뭐, 때로는 차로 이즈까지 이동하는 것도 나쁘지 않을 거야.

내가 그런 생각을 하고 있을 때, 멀리서 자동차 소리가 들려왔다. 파란색 자동차가 고속으로 커브를 돌더니, 효도가 앞에서 원을 그리듯 거칠게 드리프트를 하면서 급정지했다!

우리 눈앞에 엄청난 스피드로 나타난 것은 파란색 스포츠카였다.

차의 문이 열리더니, 반짝거리는 재킷과 바지를 입은 아자젤 선생님이 내렸다! 선글라스까지 끼니 마치 잘나가는 호스트 같았다.

"후후후. 오늘은 내 애마로 이즈의 해안선을 드라이브할 거다."

폼 잡듯이 자동차에 기대선 선생님은 그런 소리를 했다.

……선생님에게 딱 어울리는 화려한 스포츠카네요.

"……오오, 빨라 보이네. 나도 악마 영업으로 돈을 모아서 이런 차를 살까?"

그렇게 말한 제노비아가 흥미 깊은 눈으로 차를 쳐다보자, 아시아는 고개를 갸웃거렸다.

"하지만 차로 이동하려고 해도, 선생님의 차로 이 인원이 전부 이동하는 건 무리일 것 같은데요……."

아시아의 말이 옳았다. 저 스포츠카는 5인승이기는 하지만, 우리는 열 명 이상이라 다 타는 건 무리다.

오늘의 멤버만 세더라도—— 나, 리아스, 아시아, 아케노 씨, 코네코, 키바, 제노비아, 개스퍼, 이리나, 로스바이세 씨, 레이벨, 선생님, 그리고 오피스다. 오피스를 집에 두고 갈 수 없기 때문에 데리고 가기로 했다. 총 멤버만 열세 명이나 되는 것이다. 스포츠카 한 대로는 절대 무리다.

설마 가위바위보를 해서 진 사람은 이즈까지 날아오라는 말도 안 되는 소리를 하려는 건 아니겠지?!

나는 그런 생각을 하면서 긴장했지만……. 바로 그때, 또 다른 차 한 대가 우리 집 앞에 도착했다.

빨간색 왜건이었다. 그 차에서 내린 사람은—— 로스바이세 씨였다!

"리아스 씨가 왜건을 준비해줬어요. 이 차에는 여덟 명 정도 탈 수 있어요."

늦는다 했더니 왜건을 가지러 갔던 거구나!

"로스바이세 씨, 면허가 있었군요."

내가 묻자, 로스바이세 씨는 "물론이죠. 이래 봬도 북유럽 주신의 전 수행원이에요." 하고 당연한 소리를 하듯 말했다. 그러고 보니 그랬다. 이 사람은 오딘 할아버지의 수행원을 맡기 전부터 여러 면허를 취득한 재원(才媛)이다. ……그렇게 생각하니 로스바이세 씨의 취미와 삶이 더 유감스럽게 여겨졌다.

뭐, 그건 일단 제쳐두기로 한 나는 손을 번쩍 들면서 말했다.

"나는 로스바이세 씨가 모는 차에 타고 싶어요!"

로스바이세 씨의 운전 실력을 잘 알고 있는 건 아니지만, 그녀는 방금 우리 집 앞에 차를 댈 때 선생님보다 훨씬 차분하게 정차시켰다! 아무리 생각해도 로스바이세 씨의 차에 타는 편이 훨씬 안전할 거야——!

"어이. 너, 내 드라이빙 테크닉을 못 믿는 거냐?"

선생님은 불만을 표시했다.

"당연히 못 믿죠! 안전 운전 같은 건 절대 안 할 것 같단 말이에요! 죽음의 여로가 될 게 뻔하다고요!"

나는 솔직하게 말했다! 당연하지! 평소에도 트러블 메이커인 아자젤 선생님을 어떻게 신용하느냐고! 죽어도 못 해!

"나는 아자젤 선생님의 차도 괜찮아. 스릴 넘치는 드라이브도 나쁘지 않거든."

제노비아는 금방이라도 스포츠카의 문을 열고 탈 것만 같았다!

"역시 제노비아. 뭘 좀 아는구나."

선생님이 제노비아의 머리를 쓰다듬었다!

"스릴 넘치는 드라이브라는 건 부정하지 않았잖아! 우와아아아앙! 역시 안전 운전을 할 생각은 없는 거죠?!"

제노비아는 목숨 아까운 줄 모르는 녀석이니까 선생님의 차도 탈 수 있겠지만, 나는 싫다고!

"타천사에게는 인간의 규정 속도를 지켜야 할 의무가 없다고!"

과속할 생각이 넘쳐흐르잖아!

더는 싫어! 누가 좀 이 사악하기 그지없는 악당 라스트 보스 타천사를 없애줘!

제노비아 외에는 솔선해서 선생님의 차에 타려는 사람이 없었다. 결국 다들 로스바이세 씨의 차 주위에 몰려들었다! 하지만 왜건의 정원수는 운전기사를 제외하면 일곱 명! 스포츠카에 타야 하는 희생자는 네 명이다!

나는 싫어! 나는 저런 움직이는 관짝에 타고 싶지 않다고! 하, 하지만, 리아스, 아시아, 아케노 씨, 코네코, 레이벨이 저 스포츠카에 타게 된다면…… 나는 내 몸을 희생시킬 수밖에 없어! 제노비아, 이리나, 오피스는 견딜 수 있을 것 같으니까 제외! 남자 둘은 어떻게 되든 내 알 바 아냐!

그럼 내가 왜건에 탈 확률은 꽤 낮은 것 같은데……?!

머릿속으로 그런 생각을 하고 있을 때, 리아스가 한숨을 내쉬면서 의견을 내놓았다.

"그럼 공평하게 가위바위보로 정하자."

운명의 순간이 다가왔다──.

─ ○ ● ○ ─

……결국 가위바위보에서 진 나는 아자젤 선생님의 차에 타

게 됐다…….

선생님에 차에 타는 멤버는 나, 개스퍼, 제노비아, 오피스로 결정됐다.

"미안해, 잇세 군."

나에게 사과하면서 왜건에 탄 사람은 키바다.

저쪽에는 운전을 담당하는 로스바이세 씨를 비롯해 리아스, 아시아, 아케노 씨, 코네코, 이리나, 레이벨이 탔다! 완전 화려하잖아! 저런 천국 같은 차에 키바가 타다니……!

오래간만에 미남에게 질투심을 느끼고 말았다……! 게다가 내가 스포츠카에 타게 된 것은 누군가를 대신해서가 아니라 내가 가위바위보에 졌기 때문이다! 운이 없었을 뿐이야! 여행을 떠나기 전부터 재수가 너무 없잖아!

나는 분통을 터뜨리며 주먹을 부들부들 떨었다. 그런 나를 맞이하듯 스포츠카의 조수석 문이 자동으로 열렸다. 운전석에 앉은 선생님은 자신만만한 미소를 짓고 있었다.

"후후후. 내 애마에 타게 된 걸 환영하마. 잇세, 너는 조수석이다."

지옥의 문이 멋대로 열린 것 같은 상황이군……. 차 안에서 사악한 아우라가 흘러나오고 있는 것 같은 느낌이 들어……!

우리는 머뭇거리면서 그 차에 탔다. 심장이 미친 듯이 뛰는 와중에 로스바이세 씨가 모는 왜건이 출발했다. 뒷좌석 창문 너머로 코네코, 레이벨, 아케노 씨가 우리를 향해 손을 흔들었다. 아아, 저쪽에 타고 싶어……!

스포츠카의 후방좌석에 앉은 제노비아는 태연자약했다. 오피스도 평소와 마찬가지로 무표정했다. 그리고 두 사람 사이에 앉은 개스퍼는———.

"……훌쩍. ……으으……."

창백해진 얼굴로 안전벨트를 필사적으로 쥐고 있었다. 온몸을 부들부들 떨고 있었다. 아직 출발도 하지 않았는데 개스퍼의 얼굴은 눈물과 콧물로 범벅이 되어 있었다.

많이 무섭지?! 나도 그래! 가위바위보에서 진 네가 "……개스퍼. 내가 바꿔줄까?" 하고 호의를 베풀려는 코네코에게 "괜찮아." 하고 말하며 남자다운 모습을 보인 걸 나는 높이 평가해! 너도 어엿한 사나이구나!

"좋아. 그럼 내비게이션을 켜볼까. 참고로 타천사 특제 내비게이션이지."

공포에 떨고 있는 나와 개스퍼는 안중에도 없는 듯한 선생님은 출발 전에 카 내비게이션을 켜려고 했다.

선생님이 버튼을 누른 순간이었다. 위잉 하는 소리를 내면서 보닛이 열리더니 위성방송 안테나 같은 원형 물체가 모습을 드러냈다.

그리고 기계 음성이 차 안에 울려 퍼졌다.

『새틀라이트 다운폴 캐논 시스템의 기동 준비에 들어갑니다. 반경 1킬로미터 이내에 존재하는 아군은 즉시 피난———.』

……어? 무, 무슨 일이지?! 차 안에 있는 우리는 갑작스러운 경고를 듣고 놀랐다! 선생님이 껄껄 웃으면서 버튼을 누르자 음

성이 멎었다.

"아, 버튼을 잘못 눌렀네. 미안 미안."

"방금 캐논이니 피난 같은 위험하기 그지없는 단어가 들렸거든요?! 그, 그리고 보닛에서 뭔가가 튀어나왔다고요!"

나는 딴죽을 날렸다! 이 선생님은 대체 이 차에 뭘 탑재한 거야?! 그러고 보니 이 사람이라면 자기 차에 이상한 걸 잔뜩 달고도 남아!

나까지 얼굴이 새파랗게 질렸지만, 선생님은 태연한 표정으로 모니터를 조작했다.

"새틀라이트 병기는 쓰지 않을 거니까 걱정하지 마라. 그리고 할리우드 영화에서 자주 나오잖아? 으음, 이 버튼이었던가? 아무튼, 왕창 뜯어고친 덕분에 하늘도 날고, 물 위도 달리고, 차원의 틈에 다이브도 할 수 있는데 말이야. 기능이 너무 많아서 제작자인 나도 어디에 뭘 설치했는지 다 기억하지 못해. 으음, 이거였던가?"

또 버튼을 조작하자——.

『목표를 지정해 주십시오. 지금 바로 드래곤 디스트로이 미사일을 발사하겠습니다.』

보닛이 또 열리더니 소형 미사일이 모습을 드러냈다! 저건 또 뭐야아아아아아앗?!

"아, 이건 잇세가 『저거노트 드라이브』로 폭주했을 때에 대비해 만든 드래곤 슬레이어 미사일이다. 또 버튼을 잘못 눌렀군."

미소를 지은 선생님은 태연자약한 목소리로 사과했다!

새틀라이트 병기에 미사일?! 이 불가사의 스포츠카에는 그런 무시무시한 것도 실린 거야?!

아니, 이 스포츠카로 폭주한 나를 쓰러뜨릴 생각이었어요?! 나, 무시무시하기 그지없는 물건에 탄 거잖아!

"나는 그게 보고 싶은걸."

헛소리하지 마, 제노비아아아아아아아앗! 출발이 발사로 변경된다고!

"그럼 오늘은 평범하게 달리자고! 파워 부스터, 스위치 온!"

선생님이 핸들 옆에 달린 정체불명의 스위치를 누른 순간——.

고오오오오오오오오! 엄청난 소리를 자아내는 로켓 분사가 시작되는 것과 동시에 파란색 스포츠카는 폭주를 시작했다!

안전벨트를 움켜쥔 나는 엄청난 G를 느끼면서 목청껏 외쳤다!

"내려줘어어어어어어어엇!"

나중에 알게 됐는데, 이 차에는 소형 고성능 로켓 엔진이 탑재되어 있었습니다요. 규정 속도 운운할 수준이 아니었다고…….

효도가에서 출발해 두 시간 정도 흘렀을 즈음.

나와 개스퍼는 차 안에서 시체처럼 축 늘어져 있었다. 멀쩡한 건 제노비아와 즐겁게 운전하고 있는 선생님뿐이었다.

스피드를 너무 내면 위험한 곳에서는 평범하게 운전해줬지만…… 다른 곳에서는 그야말로 폭주 상태였다.

"너희도 창밖을 봐라. 바다가 보이기 시작했어."

선생님이 창밖에 펼쳐진 이즈의 해안을 보면서 텐션을 높였다.

"……그러네요."

나는 힘없는 목소리로 그렇게 대답하는 것이 한계였다. 도중에 휴게소에 들렀을 때, 왜건에 탄 이들이 나를 걱정했지. 제삼자의 입장에서 보기에도 꽤나 심각한 운전이었던 것 같았다.

"……쓰러뜨린 쪽…… 그레이트 레드 튀김……."

오피스는 그런 잠꼬대를 하고 있었다. ……대체 어떤 꿈을 꾸고 있는 거지? 그것보다 이 차 안에서 잘도 자네……. 역시 용신 님이야.

"…………꺄아."

개스퍼는 눈이 완전히 돌아간 것 같았다. 동정해줄게, 개스퍼.

"뭐야. 잇세 너, 텐션이 낮은걸. 더 화끈하게 가보자고."

"그래, 잇세. 바다는 정말 좋다구. 으음, 바다 냄새도 나네."

선생님과 제노비아는 창문을 열고 드라이브를 즐기고 있었다. ……나는 아무 일 없이 목적지에 도착하기만 하면 돼요. 무사히 도착하기만 바라고 있다고요.

차는 그대로 산으로 이어지는 도로를 달렸다.

그리고 산 안으로 들어가면 들어갈수록 길 또한 좁아졌다.

이즈의 산에 들어가 한 시간 정도 나아가자, 진한 안개 너머로 목적지인 온천 여관의 모습이 보였다. 주위에는 산과 나무밖에 없었다. 오래된 목조 건물인 여관은 일본풍의 분위기를 자아내고 있었다. 하지만 오래되어서 낡았다기보다는 고풍스러우면서 그리움과 친근함을 자아내는 느낌이었다.

"좋은 여관이네. 오늘은…… 오늘 밤은 멋진 시간이 될 것 같아."

리아스는 볼을 희미하게 붉힌 채 여관을 바라보고 있었다. 게다가 내 손을 잡고 있었다. ……이, 이 상황에서 어떤 반응을 보이면 좋을까? 그리고 방금 그 말은 무슨 뜻이지……?

"……온천. 여행…… 방 안에 하나만 깔려 있는 이부자리, 그리고 베개는 두 개……."

아케노 씨까지 내 손을 움켜쥐었다. 그녀 또한 리아스와 마찬가지로 눈동자가 촉촉하게 젖어 있었다. 이 누님들의 마음속은 기대로 가득 차 있는 것 같았다. 그 기대에 응해야만 할 것 같은 분위기지만, 선생님의 거친 운전 때문에 그럴 여유가 없는 나는 1초라도 빨리 방에 가서 쉬고 싶었다. ……그리고 화장실에 가서 좀 토해야겠다. 속이 울렁거려…….

다들 짐을 차에서 꺼내더니 여관으로 이동했다. 나와 개스퍼는 비틀거리면서 여관 안으로 들어갔다. ……아무 일도 없었다는 듯이 태연하게 걷고 있는 제노비아와 오피스가 부러웠다.

솔직히 말해 리아스가 내 손을 잡아 끌어주지 않았다면 한 걸음도 제대로 걷지 못했을 것이다.

"어서 오십시오. 이히히히힛."

기분 나쁜 웃음소리를 흘리며 우리를 맞이한 이는—— 기모노를 입은 주름투성이 할머니였다. 언뜻 보기에는 요괴 같아 보일 만큼 얼굴이 무시무시했다.

"여어, 여주인! 오늘 신세 좀 지겠네! 참, 우리가 전세 낸 건 알고 있지?"

선생님이 그 할머니에게 인사를 건넸다. 아, 그럼 이 요괴같이 생긴 할머니가 이 여관의 주인이구나. 잠깐, 그것보다 오늘 이 여관을 전세 냈다고?!

"이히힛. 이즈의 산골까지 와주셔서 감사합니다. 이곳은 악마와 타천사 여러분이 애용하는 비경(秘境)이지요. 저는 이곳의 여주인이옵니다. 요즘 유행하는 마운틴 걸이지요. 히히힛."

마운틴 걸! 저기, 산속에 있는 요괴 할망구로만 보이는뎁쇼?!

그건 그렇고, 여기는 악마나 타천사 전용인 비경 온천인 건가?

"실은 여기에 오면서 일반인은 통과할 수 없는 결계를 몇 개나 지났지."

선생님이 설명해줬다. 아, 그럼 좀 전에 통과한 진한 안개는 결계였던 건가?

"오늘 신세 지겠습니다──."

그렇게 마운틴 걸 여주인과 인사를 나눈 리아스의 표정이 갑자기 그대로 얼어붙었다.

리아스의 반응이 신경 쓰인 내가 그녀의 시선이 향하고 있는 곳을 쳐다보니── 안쪽에서 은발 미녀가 우리에게 다가오고 있었다!

"안녕하세요, 여러분. 기다리고 있었습니다."

"그레이피아 씨?!"

나는 깜짝 놀라고 말았다! 당연하잖아! 설마 이런 곳에서 그레이피아 씨와 마주칠 거라고는 꿈에도 생각 못했다고! 게다가 메이드복을 입고 있지 않아! 사복 차림! 그렇다면 그레이피아 씨는 오늘──.

"휴가를 받았습니다. 학생들끼리 여행을 가는 건 여러모로 문제가 발생할 수 있기에, 인솔자로서 이곳에 왔답니다."

그레이피아 씨는 담담한 목소리로 말했다.

그녀는 딱딱하게 얼어붙은 리아스의 정면에 서더니 한마디 했다.

"리아스. 설마 여행지에서 학생답지 않은 짓을 할 생각이었던 건 아니겠죠?"

그레이피아 씨는 리아스를 힐끔 쳐다보면서 물었다. 그러자 리아스는 뜨끔한 듯한 반응을 보였다. ……정곡을 찔린 것 같았다. 아케노 씨도 체념한 것처럼 고개를 푹 숙였다.

그레이피아 씨는 리아스의 정면에 서서 말했다.

"고교생이 온천 여행을 이용해 목적을 달성하려 하다니, 백 년은 일러요. 평소에 말했죠? 우선 평소 생활 속에서 남성분과 가까워지도록 하세요. 남성분과 여행지에서 뜨거운 밤을 보내는 건 그 후에 해도 충분하답니다."

아자젤 선생님은 그레이피아 씨의 어깨에 손을 얹었다.

"뭐, 오늘은 격식 같은 건 제쳐두고 편하게 지내자고. 너도 온천에 들어가서 평소의 피로를 풀어."

그레이피아 씨는 선생님을 손을 잡더니 안쪽으로 끌고 가려고 했다!

"마침 잘됐군요. 당신에게도 할 말이 잔뜩 쌓여 있어요. 오늘은 지금까지 있었던 일에 대한 반성, 그리고 앞으로의 일에 대해 이야기하죠."

"어, 어이! 좀 봐달라고! 나는 오늘 온천에 들어가서 술 한잔 하고, 암반욕 즐기고, 탁구를 친 후, 마사지 기계를 이용할 예정이란 말이야!"

"서젝스에게 악영향을 끼칠 수도 있으니, 이 기회에 당신의 나쁜 점들을 잘라버리겠어요."

"나, 잘리는 거야?! 어이, 너희! 보고 있지만 말고 구해줘어어어어어어엇!"

선생님은 우리에게 도움을 청했다. 하지만 만면에 미소를 지은 우리는 손을 흔들면서 두 사람을 배웅했다. 아아, 선생님이 그레이피아 씨에게 숙청당한다니, 이것보다 기쁜 일은 없을 거야!

"이 매정한 녀석드으으으으으으을!"

이렇게, 은발 여왕에게 잡힌 악의 타천사는 여관 안쪽으로 끌려갔다. 정말, 반성할 일들은 제대로 반성해달라고요!

우리는 배정된 방으로 향했다.

나는 남자들끼리 쓰는 커다란 방으로 이동했다. 이 방의 멤버는 나, 키바, 개스퍼, 선생님, 이렇게 네 명이다. 여성 멤버들은 방 세 개로 나뉘어 세 명씩 한 방을 쓰는 것 같았다.

방은 일본풍이며 꽤 넓었다. 그리고 침대는 두 개뿐이었다. 두 명은 침대에서 자고, 남은 사람들은 바닥에 이부자리를 깔고 자야 할 것 같았다.

우와! 방에 온천도 붙어 있고, 마사시 기계도 있다! 그리고 커다란 텔레비전이 각 방에 비치되어 있었다!

"방에 딸린 온천에도 텔레비전이 설치되어 있었어."

키바가 욕실을 확인한 후 그렇게 말했다.

"원래라면 이렇게 끝내주는 방을 보고 깜짝 놀라야겠지만, 왠지 무덤덤한걸."

나는 자조적인 목소리로 그렇게 말했다. 그것도 무리는 아니지. 나는 이 방보다 더 호화로운 방을 본 적이 있거든. 그레모리의 성에서 머문 방은 이 방보다 몇 배는 넓고, 비치된 가구도 훨씬 고급스럽다. 아니 뭐, 그 성과 비교하는 것 자체가 아이러니한 짓이지만 말이야.

"저, 저는 이 방의 온천만으로 충분해요……. 대욕장에 가는 건 부끄러워요……."

개스퍼는 침대에 뻗은 채 그렇게 말했다. 선생님의 난폭한 운전 때문에 완전히 지칠 대로 지쳐버린 것 같았다.

"어차피 우리밖에 없는 것 같으니까 한밤중에 들어가면 되지 않겠어?"

나는 개스퍼에게 그렇게 말했다. 전세 낸 여관을 마음껏 즐기자고.

뭐, 그런 소리를 하고 있는 나도 현재 뻗어 있지만 말이야! 으으, 아직도 속이 울렁거려…….

차 안에서 이 여관에 혼욕 온천이 있다는 이야기를 선생님에

게 들었다. 혼욕 온천! 색욕 덩어리인 내가 안 갈 수 없는 장소지
만…… 여관을 통째로 전세 냈다면…… 어라? 지금 생각해보
니 우리 일행 외에는 여성 손님이 없는 거 아냐?!

리아스나 다른 여자애들이 혼욕 온천에 들어갈 거라는 근거는
전혀 없는 데다, 대놓고 "같이 온천에 들어가죠!" 같은 부끄러
운 말을 어떻게 하냐고!

……뭐, 일단 엉망진창이 된 몸부터 추스르지 않으면 온천에
들어가지도 못하겠지…….

나는 저녁때까지 쉬기로 했다.

……어라? 나, 피로를 풀기 위해 온천에 온 건데, 온천에 오면
서 몸이 더 맛이 가버린 것 같지 않아……? 선생님. 나, 돌아갈
때는 그냥 기차 탈래요……. 그렇게 결심한 나는 그대로 뻗어
버렸다.

저녁 식사 전——.

"자칭 천사 따위에게는 지지 않아!"

"과연 그럴까? 천계식 핑퐁을 보여주겠어!"

대욕장 근처에 있는 게임 코너에서는 유카타로 갈아입은 제
노비아와 이리나가 탁구 승부를 하고 있었다. 두 사람은 격렬한
랠리를 펼치는 중이었다.

"두 사람 다 힘내세요~!"

아시아는 구경하면서 두 사람 다 응원하고 있었다.

"……레이벨. 이거 맛있으니까 먹어봐."

"아, 예. 잘 먹을게요."

코네코와 레이벨은 게임 코너에 놓인 소파에서 온천 만쥬를 먹고 있었다. 평소 자주 말다툼을 하지만 그래도 꽤나 사이가 좋은 1학년 여성 콤비였다.

"아아아아아아아아아아아아아…… 좋아……."

떨리는 목소리로 그렇게 말한 사람은 마사지 기계를 이용 중인 로스바이세 씨다. 말투가 좀 아줌마틱한뎁쇼?

"……와아와아와와……."

이상한 소리를 내면서 마사지 기계에 앉아 있는 이는 오피스였다. 표정은 변함없지만 기분이 꽤 좋은 걸까?

아무튼 다들 온천여관을 마음껏 즐기고 있는 것 같았다.

키바는 온천에 들어가 있었다. 리아스와 아케노 씨는 암반욕을 즐기고 있다고 한다. ……그런고로 아직 아무도 혼욕 온천에 들어가려고 하지 않았다.

……이렇게 되면 여탕을 몰래 훔쳐보는 수밖에 없는 건가?

……일단 속이 울렁거리는 게 좀 가라앉았으니, 저녁을 먹은 후에 대욕장에 가봐야지!

엉큼한 마음이 부활한 나는 다시 전의를 불태웠다.

─○●○─

그리고 심야가 되었다.

에로에로 직감을 발동시킨 나는 「이 시간대라면 여자 중 누군 가가 들어가 있을 터!」라는 시간에 방에서 빠져나왔다. 저녁 식 사 직전에 그레이피아 씨에게서 겨우 해방된 선생님은 방에서 한잔하고 있었다. 그리고 겨우 부활한 개스퍼는 방에 딸린 온천 에 들어간 것 같았다. 키바는 암반욕을 하러 갔다.

저녁 식사 전에 확인해뒀는데, 노천 온천의 남탕과 여탕 사이 에는 칸막이만 설치되어 있을 뿐 온천물은 이어져 있다. 즉, 칸 막이 너머는 도원향인 것이다.

속도 꽤 가라앉았다. 맛있는 저녁도 먹었다. 잠시 눈도 붙였다.

수면욕과 식욕을 충족시켰으니, 다음 차례는 에로에로다……! 온천에 와서 여탕을 훔쳐보지 않을 수야 없지……!

온천을 향해, GO! 기합을 넣으며 온천으로 향하는 내 눈에 「혼욕」이라는 글자가 들어왔다.

……혼욕 온천에서 여성과 조우할 확률은 제로다. 여체를 영 접하려면 남탕에 들어가 여탕을 훔쳐보는 게 확실할 것이다.

하지만 어째서일까. 「혼욕」이라는 문자와 울림에 사나이의 영혼이 끌렸다! 가봤자 아무도 없을 것이다. 최악의 경우에는 마운틴 걸 여주인이라는 요괴 할망구만 있을 수도 있다!

하지만 내 음란한 마음이 저 안을 확인해보고 싶어 했다! 남자 여러분, 제 마음이 이해되시죠?

혼욕 온천 안을 살펴보고 남탕에 가도 늦지는 않을 거라고 생 각한 나는 혼욕 온천의 탈의실 안으로 들어갔다.

……아니나 다를까, 탈의실에서는 온천 안에 누가 있는지 확

인할 수 없었다. 그래서 안에 누가 없는지 확인해보기로 했다.

나는 문을 열고 안쪽을 확인했다. 안에는 커다란 탕이 하나 있었다. 그 너머에는 노천온천도 있었다. 물론 안에는 아무도 들어가 있지 않았다. 그저 물 흐르는 소리만 들릴 뿐이었다.

"뭐, 이럴 줄 알았어. 누가 혼욕에 들어가겠냐고……. 그럼 남탕에 가서 대기하고 있다 여탕에 온 사람을 훔쳐보기로 할까."

나는 그렇게 말하면서 탄식을 터뜨렸다. 그리고 뒤돌아서서 밖으로 나가려고 한 순간, 누군가가 탈의실에 들어왔다!

……은색을 띤 긴 머리카락을 지닌 여성이었다. 로스바이세 씨는 아니었다.

──그 사람은 바로 머리카락을 푼 그레이피아 씨였다!

나와 그레이피아 씨는 혼욕 온천의 탈의실에서 딱 마주쳤다!

"그, 그레이피아 씨?!"

"어머, 잇세이 씨. 남자 분이 안에 계실 줄이야…… 안쪽을 살피는 걸 깜빡했군요."

큰일 났다! 빨리 나가지 않으면 설교를 들을 거야!

"시, 실례했습니다! 지, 지금 바로 나갈게요!"

내가 서둘러 밖으로 나가려 한 바로 그 순간── 그레이피아 씨가 내 손을 잡았다.

내가 영문을 모르겠다는 표정을 짓자, 그레이피아 씨는 미소를 지으면서 말했다.

"함께 들어가지 않겠어요?"

……………… 예? 나는 방금 들은 뜻밖의 말이 환청이라는

생각이 들 만큼 어안이 벙벙해졌다.

······상상조차 하지 못한 상황에 직면한 나는 당혹스러워하고 있었다.

혼욕 온천의 세면대 앞에는 나와—— 그, 그레이피아 씨가 앉아 있었다!

지금 내 두 칸 옆자리에 그레이피아 씨가 앉아 있어요! 그것도 알몸으로요!

······이곳의 분위기는 말로 표현하는 게 불가능했다! 좋은지 나쁜지조차 알 수가 없었다! 옆쪽을 힐끔 쳐다보니 풍만하기 그지없는 가슴과 글래머러스한 육체가 눈에 들어왔다! 리아스에 버금 아니, 그 이상일지도 모르는 나이스 보디가 내 옆에 존재했다!

하지만 엉큼한 마음이 들기에 앞서 심장이 미친듯이뛰며 가슴안이 긴장감으로 가득 차버렸다!

상대는 최강의 퀸이야. 어떻게 허튼짓을 하냐고······! 마왕 서제스 님조차 두려워하는 여성이란 말이야! 이상한 생각을 한 순간, 바로 이 세상에서 지워질 게 뻔해!

하지만 이해가 안 돼! 저 엄격한 그레이피아 씨가 왜 나와 함께 혼욕 온천에 들어온 거지? 이해가 안 돼! 이해가 안 된다고! 뭔가를 꾸미고 있는 게 분명해! 혹시 여기서 나한테 설교를 할 생각이라든가?! 지나치게 밝혀서는 안 돼! —— 같은 소리를 하거나, 리아스와 내 사이에 대해 한마디 할 생각이라든가!

내 머릿속에서는 그런 생각들이 끝도 없이 샘솟고 있었다.

"……저, 저기, 정말 괜찮겠어요?"

나는 머뭇거리면서 물었다. 즉, 나와 같이 온천에 들어가도 괜찮은 건지 물은 것이다.

"뭐가 말이죠?"

그레이피아 씨는 통 안에 있는 물로 몸을 씻으면서 그렇게 되물었다.

…………그, 그렇게 되물으셔도 아무 말도 할 수가 없습니다만…….

결국 참다못한 나는 혼욕 온천에서 나가려고 했다!

"……나, 나 먼저 나갈게요!"

하지만 그레이피아 씨는 밖으로 나가려는 내 손을 잡더니, 자신의 옆자리에 나를 앉히려 했다!

"기다리세요. 아직 몸도 씻지 않았잖아요? 그리고 아직 온천에도 들어가지 않았죠?"

"아, 예. 하, 하지만 여기 더 있는 건 실례일 것 같으니까……이, 이만 나갈게요!"

어떻게 온천에 들어가느냐고! 너무 긴장되어서 그런 짓을 할 수가 없다고!

나는 현재 그레이피아 씨의 옆에 앉아 있다! 대, 대체 뭐가 어떻게 된 거지?! 옆을 힐끔 쳐다보니 거기에는 끝내주는 몸매를 지닌 누님이 있었다! 수건으로 몸을 가리지도 않았다! 젠장! 눈

부실 정도로 새하얀 피부! 기미 하나 보이지 않았다!

가슴은 크고, 젖꼭지와 유륜도 아름다운 데다, 가슴의 형태 또한 최고다! 다리도 내가 딱 좋아하는 굵기이며, 허리도 출산 경험이 있다는 게 믿기지 않을 만큼 잘록했다! 진짜로 애 낳은 적 있는 거 맞아요?! ──하고 물어보고 싶을 만큼 끝내주는 육체였다! 상상을 초월하는 에로스가 느껴진다고……!

이런 상황에서도 상대의 몸매를 관찰하고 있는 나도 꽤나 에로한 녀석이지만 말이야!

"등을 씻겨 드릴게요."

그레이피아 씨는 그렇게 말하면서 내 등을 씻겨줬다!

그레이피아 씨는 수건으로 내 등을 문질렀다. ……어떤 반응을 보이면 좋을지 알 수가 없었다! 그저, 거울 너머로 보이는 그레이피아 씨의 가슴은 손에 든 수건으로 내 등을 문지를 때마다 출렁대고 있었다!

그레이피아 씨는 수건으로 내 등과 팔, 그리고 허벅지 언저리까지 문질렀다! 모, 몸을 너무 밀착시킨 탓에 그레이피아 씨의 가슴이 내 등에 닿았…… 어, 어떤 반응을 보여야 할지 모르겠어!

"잇세이 씨는 등이 넓군요."

"화, 황송하옵니다!"

그레이피아 씨에게 칭찬을 들은 나는 전심전력을 다해 그렇게 대답했다! 그러자 그레이피아 씨는 재미있다는 듯이 웃음을 터뜨렸다.

"우후후. 왜 그렇게 딱딱하게 굳어 있는 거죠? 저는 그저 솔직

한 생각을 말했을 뿐이랍니다. 역시 고교생이라고 해도 남자는 남자군요. 정말 믿음직한 등이에요. 아, 명계를 위해 수많은 강적들을 쓰러뜨린 당신에게 이런 말을 하는 건 실례일지도 모르겠군요."

"아, 아뇨. 그렇지 않아요! 칭찬해주셔서, 정말 감사합니다!"

그레이피아 씨는 그렇게 말하면서 내 등에 물을 끼얹었다. 그녀의 손길은 정말 섬세하기 그지없었다.

"자, 이제 깨끗해졌어요."

"감사합니다!"

조, 좋아! 이제 나가도 되겠지? 그레이피아 씨의 알몸을 본 데다, 이런 귀중한 체험까지 했으니 오늘은 이쯤에서 실례하도록 하겠습니닷! 왠지 긴장X긴장인 탓에 정신을 차릴 수가 없습니다요!

하지만 그레이피아 씨는 뒤돌아서더니 나에게 등을 보여주면서 말했다.

"그럼—— 이번에는 잇세이 씨가 제 등을 씻겨주시면 기쁠 것 같군요."

——윽! 그, 그렇게 나올 줄이야……! 나는 마른침을 삼킨 후, 목소리를 쥐어짜내 말했다.

"그, 그게, 나 따위가 그레이피아 씨의 등을 씻겨 드리는 건……!"

너무 황송하다굽쇼! 마왕의 마누라님! 퍼스트레이디의 등을 씻겨 드리는 거란 말이야!

"안 될까요?"

그레이피아 씨는 유감이라는 투로 말했다. 그, 그런 식으로 말씀하시면 나도……!

"아, 아뇨! 그레모리 권속, 효도 잇세이! 명 받들겠사옵니다!"

할 수밖에 없다고요!

"우후후. 잇세이 씨는 정말 재미있는 분이군요."

아아, 이 사람은 웃는 얼굴이 정말 귀엽네! 연상 누님은 역시 최강이에요!

황송하게도 그레이피아 씨의 등을 씻겨 드리게 된 나는 우선 수건에 거품을 잔뜩 냈다.

그리고 수건을 그레이피아 씨의 등에 댄 순간, 문득 생각했다.

……여성의 등은 의외로 작네. 그레이피아 씨도 생각했던 것보다 훨씬 작게 느껴졌다. ……이것이 최강의 퀸이라 불리는 여성의 등이구나. 이 등으로 많은 것들을 짊어지고 있겠지…….

나는 등을 수건으로 문지르면서 문득 생각했다. ……지금이야말로 그 이야기를 할 기회가 아닐까? 언젠가 리아스의 가족에게 그 이야기를 해야만 할 테니, 어쩌면 지금이야말로 찬스일지도 모른다.

나는 마른침을 삼키며 각오를 다진 후, 말했다.

"저, 저기, 그레이피아 씨."

"예. 무슨 일이죠?"

"이, 이런 상황에서 드릴 이야기는 아닐지도 모르지만……."

……이 이야기를 하기 위해서는 엄청난 용기가 필요했다. 그

것도 그럴 것이, 지금 내가 하려는 것은 나와 리아스의 관계에 대한 이야기인 것이다. 하지만 이야기해야만 한다. 한 명의 남자로서 좋아하는 여성의 가족에게 이 사실을 솔직하게 전해야만 한다고 생각한단 말이다!

"나와…… 부장, 아니, 리아스는 서로를 향한 마음을 확인했어요."

"예, 들었어요. 당신은 『그레모리 차기 당주의 연인』으로 명계에도 널리 알려져 있죠. 그런데 저에게 그 사실을 새삼 말하는 이유가 뭐죠?"

"……인정해 주시겠어요? 저와 리아스…… 그레이피아 씨의 시누이의 관계를……."

……인정해줄 수 없다는 말을 들으면 완전 끝장이지만……. 아냐, 그때는 인정받을 수 있을 때까지 더욱 노력할 뿐이야!

그레이피아 씨가 나에게 물었다.

"그 질문은 제가 그 아이의 올케이기 때문인가요? 아니면 그레모리가의 메이드이기 때문인가요?"

"양쪽 다예요."

내가 진지한 목소리로 그렇게 말하자, 그레이피아 씨는 생각에 잠긴 것처럼 잠시 동안 침묵했다. ……그동안 나는 이 침묵이 무엇을 의미하는지 여러모로 생각하고 말았다! 으윽, 불안해!

잠시 후, 그레이피아 씨는 말했다.

"그렇군요. 그럼 제가 제시한 조건을 클리어한다면 인정해 드리도록 하죠."

"조, 조건! 그, 그게 뭔가요……?"

그레이피아 씨는 내 얼굴을 쳐다보면서 미소를 지었다.

"사적인 자리에서는 앞으로 저를 『아주머니』라고 불러주세요. 그게 조건이에요."

──윽!

……그, 그건…… 난이도가 너무 높다고나 할까, 너무 황송하다고나 할까…….

그레이피아 씨가 이런 소리를 할 줄은 몰랐다. 아주머니라면, 아내 오빠의 아내를 부를 때 쓰는 호칭이기도 하지? 그 말은 우리 사이를 인정해주겠다는 뜻으로 봐도 되려나? 진상은 알 수 없었다.

그레이피아 씨의 등을 문지른 후, 나는 물로 그녀의 등에 묻은 거품을 씻어냈다.

"등을 씻겨주셔서 고마워요."

그레이피아 씨는 나에게 그렇게 말했다.

자아, 이제 어떻게 할까. 아직 대화는 끝나지 않은 것 같지만, 이제 할 일이 없었다.

혼욕 온천에 들어온 후부터 당혹스러운 일만 계속 벌어지고 있어! 혼욕이란 게 이렇게 심오한 건지 몰랐다고!

"자아, 모처럼 온천에 왔으니 탕에 들어가죠."

나는 그레이피아 씨가 시키는 대로 그녀와 함께 온천물에 몸을 담갔다.

"……물이 정말 좋군요. 역시 일본의 온천은 정말 좋아요……."

물에 몸을 담근 그레이피아 씨는 기분 좋은 듯한 목소리로 그렇게 말했다.

확실히 기분이 좋았다. 이 온천에 어떤 효능이 있는지는 모르겠지만, 온천수가 온몸에 스며드는 것만 같았다.

"그, 그러네요."

……나는 말은 그렇게 했지만…… 온천보다도 바로 옆에 있는 은발 언니에게 더 신경이 쓰였다.

"일전에는 밀리캐스가 신세를 졌어요."

"아, 아뇨. 나야말로 즐거웠어요."

그것은 빈말이 아니었다. 밀리캐스와 보낸 시간은 정말 소중한 추억이었다.

"그랬군요. 그 애도 정말 기뻐했어요. ……밀리캐스는 출생이 특별한 탓에 같은 또래 친구들처럼 자유를 누리지는 못하고 있으니까요……."

서젝스 님과 그레이피아 씨의 아들──. 마왕의 자식이라는 것만으로 어른들은 그 아이를 특별시하고 있다. 밀리캐스를 기다리고 있는 미래는 그가 생각하는 것보다 더 혹독할지도 모른다. 그 중압감을 견뎌낼 수 있는 강한 아이로 자라줬으면 좋겠고, 그렇게 될 수 있도록 나도 최대한 도울 생각이다.

그런 생각을 하고 있을 때, 그레이피아 씨가 나에게 다가왔다

아아아아아앗?!

그리고 나에게 기대더니, 내 볼에 손을 댔다!

"남편도, 아들도, 사적인 시간을 잇세이 씨와 유익하게 보냈죠. 그렇다면 저도 잇세이 씨와 다소 즐거운 시간을 보내도 문제 될 것은 없다고 생각하지 않으요?"

그, 그런가요? 그, 그레이피아 씨가 평소와는 달리, 관능적인 눈길로 쳐다보니까, 나도 가, 가슴이 뛴다고나 할까……! 긴장해서 이렇게 가슴이 뛰는 건가? 아니면 알몸 미인이 온천에서 나를 유혹하고 있기 때문에?! 혹은 양쪽 다일지도?!

"……시매부가 생기는 거군요……."

"……그레이피아 씨의 가족 분들은……?"

어떤 반응을 보여야 할지 난감해진 나는 문득 그런 질문을 던졌다. 그러자 그레이피아 씨의 표정이 갑자기 어두워졌다.

"사형을 당했거나 생사가 불명해요. 과거 구 정부와 반(反) 정부의 내전 때문에 루키프구스 가문의 사람들은 실질적으로 저밖에 남지 않았죠……."

"……미안해요. 그런 줄도 모르고 쓸데없는 질문을……."

"당신이 미안해할 필요 없어요. 먼 옛날에 끝난 일이니까요. 그리고 저에게는 새로운 가족이 있답니다……. 서젝스, 밀리캐스, 리아스, 시아버님, 시어머님, 루시퍼 권속…… 그리고."

그레이피아 씨는 내 볼을 쓰다듬었다. 그 손길은 리아스를 쓰다듬을 때와 똑같았다.

"시매부도 있잖아요. 저는 지금 정말 행복하답니다."

──읏. 그녀는 정말 끝내주는 미소를 지었다. 이런 그레이피아 씨는 처음 본다. 그리고 이런 상황인데도 내 눈은 그레이피

아 씨의 가슴에서 떨어질 줄을 몰랐다!

그레이피아 씨가 내 시선을 눈치챘다! 나는 바로 사과했다!

"죄, 죄송해요! 안 그러려고 하는데도 시선이 계속 그쪽으로 가버려요!"

그레이피아 씨는 웃음을 터뜨리면서 말했다.

"괜찮아요. 젊은 남성이니 당연한 거잖아요?"

왠지 오늘 밤은 평소보다 관대한 것 같은데?! 평소와 너무 달라서 무서워!

"하지만, 제 알몸을 본 남성분은 서젝스와 당신뿐이랍니다."

……마왕과 나뿐……? 왠지 좀 영광스러우면서도, 엄청 무례한 짓을 한 것 같은 느낌이 드는데…….

내가 마음이 복잡한 와중에도 그레이피아 씨와의 혼욕을 조금씩 즐기기 시작했을 때, 갑자기 탈의실로 이어지는 문이 열렸다.

그쪽을 향해 고개를 돌리자── 붉은 머리카락을 지닌 내 연인이이이이이이이이이이이이이잇!

리아스, 아시아, 아케노 씨, 코네코, 제노비아, 이리나, 로스바이세 씨, 레이벨, 오피스까지……! 여자 일행 모두가 알몸으로 혼욕 온천에 등장했다아아아앗!

리아스가 나와── 몸을 밀착시키고 있는 그레이피아 씨를 봤다!

"잇세……와 새언니?!"

나와 그레이피아 씨를 보고 놀란 리아스는 온몸을 부들부들 떨기 시작했다. 그레이피아 씨는 나와 리아스를 번갈아 쳐다본 후, 의미심장한 미소를 지으며 자신의 시누이에게 말했다.

"리아스. 온천에서 그렇게 큰 소리를 내면 어떻게 해요."

"……잇세와 같이 혼욕 온천에 들어가려고 다 같이 남자 방에 갔더니, 잇세가 없어서…… 혹시나 싶어 여기에 와봤는데…… 이, 이게 대체……?"

리아스는 부들부들 떨면서 우리에게 질문을 던졌다. 그녀의 얼굴이 점점 어두워지고 있는 것 같은 느낌이 든 나는 변명을 하려고 했지만──.

여성의 몸 특유의 부드러운 감촉이 나를 엄습했다! 그, 그, 그레이피아 씨가 나를 끌어안은 것이다아아아아아앗!

맙소사! 믿기지 않는 상황이 연출되고 있는뎁쇼?! 나, 실오라기 하나 걸치지 않은 그레이피아 씨의 품에 안겨 있어어어어엇! 엄청난 볼륨을 자랑하는 가슴이 내 등을 압박하는 느낌이 정말 최고야!

끝내주는 가슴의 감촉이 등을 통해 느껴지자, 내 마음속은…… 감사함으로 가득 찼다! 효능이 끝내준다는 온천보다도 내 몸의 피로를 확실하게 풀어주고 있다고!

"시매부와 온천에서 스킨십을 나누고 있다면 어쩔 건가요?"

그레이피아 씨는 리아스를 놀리듯 그렇게 말했다!

그 말을 듣고 충격을 받았는지 수건을 놓친 리아스는 눈앞의 현실을 부정하듯 고개를 세차게 저어댔다!

"……빼앗겼어……. 내 잇세를, 새언니에게…… 빼앗겼어……."

어리광쟁이 같은 소리를 하고 있는 리아스는 눈물을 글썽거리고 있었다!

"······그레이피아 씨가 상대라면 승산이 눈곱만큼도 없어요······!"

아시아의 표정도 어두워졌다!

"이것이 진정한 불륜이군요······. 그레이피아 님, 역시 대단하세요······."

아케노 씨는 그 자리에서 무너지듯 주저앉았다! 눈빛이 공허해졌어어어엇!

"마왕의 아내를 잇세가 약탈! 아니, 마왕의 아내가 부장님에게서 잇세를 약탈한 건가? 어느 쪽이든 간에 대단한걸."

"응응! 그야말로 엄청난 사건이야!"

제노비아와 이리나는 감탄을 터뜨리고 있었다!

"······잇세 선배를 손에 넣는 여정은 험난하기 그지없네요."

"······요즘 들어 잇세 님이 멀게 느껴져요."

코네코와 레이벨의 눈빛도 심상치 않았다!

"엄청난 현장을 목격하고 말았군요. 불륜 여행이라는 말이 딱 들어맞겠어요."

로스바이세 씨, 무슨 소리를 하는 거예요?!

"나, 수영할래."

어느새 우리의 용신 님, 오피스는 온천에서 수영하고 있었다! 착한 아이는 온천 안에서 헤엄치면 안 돼요!

바로 그때, 각오에 찬 눈빛을 띤 리아스가 후들거리는 걸음걸이로 우리에게 다가왔다.

"······새언니를 쓰러뜨리고, 잇세를 되찾을래! 아케노! 우리, 죽을힘을 다하자!"

리아스가 결사대 같은 소리를 한 순간, 그녀의 손 언저리에서 새빨간 마력이 끓어올랐다!

"그래요. 아무리 상대가 그레이피아 님이라도 이번만큼은 절대 물러설 수 없어요! 리아스, 힘을 합쳐 그를 되찾죠!"

아케노 씨의 손에도 전기가 맺혔다!

"재미있군요. 후후후."

나를 안은 채 자신만만한 웃음을 흘리고 있는 그레이피아 씨는 아우라를 온몸에 둘렀다.

"자, 잠깐만! 내 변명 좀 들어———."

나는 변명조차 하지 못한 채, 혼욕 온천에서 펼쳐진 캣파이트에 휘말리고 말았다———.

그즈음, 혼욕 온천에서 엄청난 사건이 벌어지고 있다는 걸 눈치채지 못한 아자젤 선생님은 술을 홀짝이며 남탕의 노천 온천을 즐기고 있었다고 한다.

이러쿵저러쿵해도 이번 위안 여행을 가장 즐긴 사람은 악질 드라이버 타천사인 것 같았다.

다음 날, 그때의 그레이피아 씨는 저녁 식사 때 마신 술에 취했었다는 사실이 밝혀졌다.

"그레이피아가 이상했다고? 저녁 식사 때 술을 조금 마셔서 그런가? 서젝스한테 들었는데, 술이 들어가면 장난기가 좀 많 아진다더라고."

아자젤 선생님은 그렇게 말했다. ……그, 그게 「장난기가 좀 많아진」 건가요. 정말 어디까지가 장난이었는지 알 수가 없었다고요……. 전부 다? 아니면 조금만?

하지만 그레이피아 씨와 그런 이야기를 나눈 것은 처음이었기에 꽤나 신선하고 유익했던 것은 틀림없다.

그레이피아 씨는 아침이 되자마자 돌아갔다. 정말 바쁜 사람이다.

하, 하지만, 정말 끝내주는 체험이었다. 특히 그 가슴은……
므흐흐!

"""…………."""

내가 그런 생각을 하고 있을 때, 리아스를 비롯한 대다수의 여성들이 언짢다는 듯이 볼을 부풀렸다. 나는 머뭇거리면서 물었다.

"저, 저기, 여러분……? 왜 그렇게 기분이 나쁘신 겁니까……?"
"""흥."""

그녀들은 동시에 코웃음을 쳤다! 키바가 내 어깨에 손을 얹으면서 쓴웃음을 지었다.

"아무래도 한동안은 비위를 맞춰주며 살아야 할 것 같은데?"

맙소사! 역시 그레이피아 씨와 혼욕을 한 것 때문에 이러는 건가요?! 그럴 줄 알았어요! ……그레이피아 씨와 있을 때도 그랬지만, 나는 아직 여성을 다루는 게 서툰 것 같았다.

하렘 왕의 길은 멀고도 험하군……!

Life.DX 전투 교정의 피닉스DX?

이것은 어느 날의 방과 후에 있었던 일이다.

오컬트 연구부의 부실에 얼굴을 내민 리아스와 레이벨이 소파에 마주 앉아 체스를 하면서 즐겁게 대화를 나누고 있었다. 좀 전까지는 체스에 집중하고 있었지만, 지금은 대화에 빠져든 것 같았다. 때로는 웃으면서, 그리고 때로는 진지하게 대화를 나누고 있었다.

"——만약 제노비아 님이나 로스바이세 선생님이 계셨다면, 폴 쪽에서도——."

레이벨은 열기를 띤 목소리로 그렇게 말했고…….

"그것도 재미있을 것 같지만, 나라면 우선 개스퍼를 그때——."

미소를 머금은 리아스는 고민을 하면서 판 위의 체스 말을 옮겼다. 아무래도 그 체스 말로 레이벨과 게임을 하고 있는 것이 아니라, 자신의 생각을 설명하는 도구로 삼고 있는 것 같았다. 그래서 그런지 각 체스 말들은 각각의 특성을 벗어나 종횡무진으로 체스판 위를 움직이고 있었다.

"무슨 이야기를 하고 있는 거야?"

두 사람의 이야기에 흥미가 생긴 나는 무심코 리아스에게 물어봤다.

　리아스와 레이벨은 잠시 서로를 바라본 후, 동시에 살며시 웃음을 터뜨렸다.

　"레이벨과 게임에 관한 이야기를 하고 있었어. 그것도 지금은 추억이 된 일전을 말이야."

　레이벨이 말을 이었다.

　"예. 리아스 님과 라이저 오라버니의 일전을 돌이켜 보고 있어요."

　흐음, 피닉스 전 말이구나.

　당사자인 리아스, 그리고 상대팀 수장의 여동생이기도 한 레이벨이 미소를 지은 채 그때 이야기를 하고 있는 모습을 보니 정말 평화로워졌다는 느낌이 들었다. ……당시에는 정말 큰일이었지만 말이다.

　하지만 방금 제노비아, 로스바이세 씨, 개스퍼의 이름이 나왔다. 그녀들은 그 싸움에 참가하지 않았는데…….

　내가 무슨 생각을 하고 있는지 눈치챈 레이벨이 설명을 해줬다.

　"단순히 옛날이야기를 하고 있는 건 아니랍니다."

　리아스도 고개를 끄덕이며 말했다.

　"만약 지금의 그레모리 권속으로 그 게임에 임했다면 어떻게 되었을까── 라는 이야기를 레이벨과 하고 있어. 나한테 있어서도 꽤 쓰디쓴 경험이어서 그런지 '지금이라면 이렇게 됐을 텐데!' 같은 생각을 하던 와중에 이 이야기에 꽤 열중하게 된 것 같아."

리아스는 희미하게 열기를 띤 목소리로 말했다.

지금의 멤버들로 피닉스 전을 다시 치른다라! 그거…… 꽤나 재미있을 것 같은걸! 그때는 없었던 녀석들이 참가했을 거라고 생각하니, 망상이 부풀어 오르는 데다, 그리고 쓰디쓴 경험을 한 입장이라 그런지 상상력이 꽤나 자극되었다.

『킹』이자 당시 약혼 문제에 휘말려 있던 리아스에게 있어서는 자신의 미래가 걸린 싸움이었으며, 패배를 경험한 일전이었으니 이렇게 열기를 띠는 것도 무리는 아니었다.

레이벨은 차를 마시면서 말을 이었다.

"하지만 즐겁네요. 지금의 그레모리 권속── 잇세 님은 물론이고, 당시에는 없었던 분들이 만약 참전했다면 전혀 다른 국면이 펼쳐졌을 테죠……."

"룰이나 필드 자체도 달랐을 거야."

리아스도 그렇게 말했다.

그렇다. 제노비아와 로스바이세 씨가 있었다면 전황은 상당히 달라졌을 테고, 파괴력에 있어서 정평이 난 두 사람이 참가했다면 필드도 달라졌을 것이다.

으음, 그래. 이런 이야기를 했던 거구나. 확실히 재미있네! 리아스와 레이벨이 그런 상상을 하면서 즐겁게 이야기를 나눴던 거구나. 나도 소파에 앉아 대화에 참가하기로 했다.

그런 우리 곁으로 제노비아가 다가왔다.

"뭐야? 방금 내 이름을 말했었지?"

부실 구석에서 아시아, 이리나와 휴일에 쇼핑을 가자는 이야기를 하던 제노비아는 자신의 이름을 거론하며 즐겁게 이야기를 나누는 우리를 보고 흥미가 생긴 것 같았다.

우리가 어떤 이야기를 하고 있었는지 설명해주자, 제노비아도 납득한 것처럼 고개를 끄덕였다.

"아, 피닉스 전 말이구나. 실은 그 이야기를 들을 때마다 참가 못한 게 아쉽게 느껴지더라구."

그렇다. 당시의 게임에 참가하지 않았던 제노비아는 나와 리아스가 때때로 그때 이야기를 할 때마다 "나도 참가했으면 좋았을걸." 하고 말하면서 대화에 끼어들고는 했다.

"제노비아가 있었다면 전황이 꽤나 달라졌을 거야."

나는 그렇게 말했다.

――바로 그때, 장기를 두던 코네코와 개스퍼가 우리에게 다가오면서 말했다.

"……잇세 선배도 당시에는 완전한 밸런스 브레이커가 되지 못했었잖아요. 저와 아케노 씨도 본래의 힘을 사용하지 못했고요. 아, 개스퍼도 없었네요."

"자, 잠깐만, 코네코! 방금, 나를 곁다리처럼 언급했지?!"

개스퍼는 친구가 자신을 곁다리 취급하자 바로 딴죽을 날렸다.

확실히 코네코의 말대로 당시의 나는 완전한 밸런스 브레이커가 아니었다. 파티장에서 겨우 10초 동안만 밸런스 브레이커가 되었다.

그리고 아케노 씨와 코네코도 진정한 힘을 발휘하지 못했다. ……개스퍼도 없었고 말이다. 아, 그래도 당시의 개스퍼는 대인공포중 MAX였으니까 있었더라도 도움이 되었을지는 의문이지만…… 박쥐로 변신시켜 정찰 요원으로 써먹는 건 가능했으려나?

개스퍼는 갑자기 어두운 표정을 지으면서 말했다.

"……하지만 저도 엄청 후회돼요. 그때 만약 제가 참가했다면, 결과가 달라졌을지도 모르잖아요……."

……이 녀석도 이 녀석 나름대로 후회하고 있구나. 처음 만났을 때도 그런 말을 하긴 했었지.

대화의 톤이 약간 낮아진 가운데, 리아스는 쓴웃음을 지으면서 이렇게 말했다.

"정말, 너무 비관적으로만 생각하지 마렴. 그때 너희가 분투해준 덕분에 나는 지금 이곳에 있을 수 있는 거란다……. 정말 고마워."

주인인 리아스가 고마움을 표시하자, 우리는 미소를 지었다.

바로 그때, 로스바이세 씨가 합류하더니 이렇게 말했다.

"하지만 이야기를 들을 때마다 흥미가 생겨요. 피닉스와의 게임은 그야말로 운명의 일전이었잖아요. 그때 리아스 씨가 결혼했다면 저희가 이렇게 이곳에 모이지는 못했을 테니까요."

이리나도 고개를 끄덕이면서 말을 이었다.

"맞아. 어쩌면 나와 제노비아가 처음 만났을 때, 리아스는 이미 남편을 가지고 있었을지도 모르는 거잖아?"

확실히 그렇다. 정말 생각도 하고 싶지 않지만, 만약 리아스가 라이저를 남편으로 삼게 되었다면 이곳에서의 생활도 지금과는 다를 테고, 제노비아와 로스바이세 씨가 리아스의 권속이 되지 않았을지도 모른다. 그렇게 생각하니, 확실히 그 게임은 운명의 일전이었다.

키바는 쓴웃음을 지으면서 말했다.

"하지만 라이저 피닉스 씨가 리아스 전 부장님의 남편이 되었다면, 그것도 그것대로 큰일이었을 거라고 생각해요. 그 후 바로 코카비엘의 습격, 3대 세력의 화평이 일어나고, 그 후에도 구 마왕파와 로키와 싸워야 하니, 정말 마음 걱정이 끊이지 않았을 테죠."

그런 싸움에 라이저가 참전했다고 생각하니 여러모로 웃겼다. 하지만 키바의 말대로 피닉스와의 게임 후에도 위험한 전투는 계속되었다. ……만약 그 전투에 휘말리게 되었다면 라이저는 엄청 투덜댔으리라.

우리가 if의 세계를 이야기하고 있을 때, 그 사람은 어느새 이 수다에 참가하고 있었다.

"흐음, 그래. 다들 라이저 피닉스와의 레이팅 게임에 후회와 흥미를 느끼고 있는 거군."

턱에 손을 댄 채 그렇게 말한 사람은 바로 아자젤 선생님이다! 정말, 항상 소리 소문 없이 나타나는 사람이라니까…….

선생님은 우리를 둘러보면서 말했다.

"하지만 로스바이세가 말한 것처럼 정말 흥미 깊은 이야기인 걸. 나도 그때는 이 녀석들과 합류하지 않았거든. 그래서 그레모리, 피닉스, 두 가문에서 빌린 기록 영상으로만 그 일전을 확인했지. ……흠."

선생님은 그렇게 말한 후, 문득 생각에 잠겼다.

……불길한 예감이 들었다. 이럴 때 생각에 잠긴 선생님은 보통 당치도 않은 일을 실행에 옮기려고 하거든……. 다들 나와 같은 느낌을 받았는지 당혹스러워했다.

"아자젤 선생님, 이상한 짓을 하지 말아 주세요."

아케노 씨가 선생님에게 경고를 했다. 아케노 씨는 선생님에게 엄격했다.

내가 경계심을 품은 채 지켜보고 있을 때, 선생님은 리아스에게 이런 제안을 했다.

"좋아. ——리아스, 라이저 피닉스와 한 번 더 싸워보지 않겠어?"

"——읔! 지, 진심으로 하는 소리야?"

선생님의 그 말을 들은 리아스는 경악을 금치 못했다!

나도 마찬가지야! 설마 이런 제안을 할 줄은 꿈에도 몰랐다고!

선생님은 장난기로 가득 찬 미소를 지으며 말을 이었다.

"재미있을 것 같잖아. 당시에는 이길 수 없는 싸움이었지만, 지금의 전력이라면 이야기가 꽤나 달라지지 않겠어? 같은 상대와 다시 싸워보는 것도 자신이 얼마나 성장했는지 확인할 수 있는 하나의 요소라고 생각하는데 말이야."

그, 그야, 지금의 전력으로 피닉스 팀과 싸운다면 양상이 완전히 달라지겠지만……. 하지만 중간 단계를 너무 생략한 거 아니에요?! 피닉스 팀과 다시 붙으려면 이런저런 사전 준비가 필요할 것 같은데요! 게다가 선생님은 무모한 짓을 해서라도 실행에 옮긴다고! 그 사실은 이 자리에 있는 모든 이들이 잘 알고 있다.

하지만 선생님의 의견에 동의하는 이가 있었다. ──제노비아였다.

"나는 찬성이야. 내가 포함된 멤버로 피닉스 팀과 다시 한 번 싸워보자구."

완전 흥이 난 것 같았다. 아니, 이미 전의를 불태우고 있었다! 그 일전에 참가하지 못했던 것이 꽤나 아쉬웠던 것 같았다.

그리고 바로 그때, 의외의 인물이 찬성했다. 키바였다.

"저도 가능하면 다시 한 번 싸워보고 싶군요. 그때 패배하고 분하다는 생각이 든 건 저만이 아닐 테죠."

당시의 키바는 성마검을 지니지 못했던 데다, 상대의 『퀸』에게 기습을 당해 리타이어하고 말았지. 그러니 분통을 터뜨리는 것도 무리는 아냐.

"……저도 할 수 있다면 해보고 싶어요."

코네코도 손을 들었다. 그녀도 키바와 마찬가지로 라이저의 『퀸』에게 당했었지.

"저, 저도, 이번에야말로 참가하고 싶어요~!"

개스퍼가 남자다운 표정을 지으며 손을 들었다. 그리고 아케노 씨도 고개를 끄덕이며 동의했다.

"실은 저도 상대 팀의 『퀸』에게 설욕하고 싶답니다."

아까 선생님에게 경고를 했던 아케노 씨도 이번에는 긍정적인 반응을 보였다.

"여러분의 뜻이 그렇다면 저도 참전하겠어요. 『룩』이니까요."

로스바이세 씨까지 흥미를 보이며 그렇게 말했다.

아시아도 머뭇거리면서 손을 들었다.

"저는 여러분이 하고 싶어 하신다면……. 잇세 씨는요?"

아시아가 그렇게 말하자, 이 자리에 있는 모두의 시선이 나에게 모였다.

……나는…….

……실은 나도 피닉스 전에서 진 걸 후회하고 있고, 여전히 분했다. 그때 밸런스 브레이커였다면 얼마나 좋았을까, 하고 수도 없이 생각했다.

나는 주먹을 말아 쥐면서 이렇게 말했다.

"나도 가능하다면 한 번 더 싸워보고 싶어. ——지금이라면 라이저 씨와 정정당당하게 맞서 싸워서 반드시 이기고 말겠어!"

내 말을 들은 다른 이들은 고개를 끄덕였다.

"——결정된 것 같은걸, 리아스?"

선생님이 그렇게 말하자, 지금까지 아무 말도 하지 않고 있던 리아스가 휴우 하고 한숨을 내쉬었다.

"……정말 당신들은……. 하지만, 나도—— 진 채로 끝내는 건 분해. 지금의 전력으로 다시 싸워볼 수 있다면 해보고 싶어."

그렇게 말한 리아스의 표정에서는—— 용기와 투지가 불타오르고 있었다.

그 모습을 본 아자젤 선생님이 자리에서 일어났다.

"좋아! 레이벨, 너도 라이저와 부모님에게 물어봐 주겠어? 밑 준비는 내가 해주지. 어쩌면 상대측도 흥미를 보일지도 몰라."

레이벨도 흥미가 있는지 희희낙락하면서 고개를 끄덕였다.

"예. 아버님과 어머님, 그리고 다른 두 오라버니에게도 물어 볼게요. 저도 그레모리 가문의 여러분이 라이저 오라버니의 연습 상대가 되어주신다면 만만세랍니다."

이렇게, 단순한 잡담이 단숨에 재시합으로 발전하고 말았다!

다음 휴일──.

우리는 쿠오우 학원의 구교사── 오컬트 연구부 부실에 모여 있었다.

이 자리에는 이리나와 레이벨 이외의 모든 부원들이 모여 있었다. 휴일인데 왜 부실에 모여 있느냐고? 그건 이 부실이 평소의 부실이 아니기 때문이야. 그래. 이곳은 게임 필드에 설치된 유사 공간 내부에 있는 구교사라고.

그날 했던 잡담, 그리고 아자젤 선생님의 프레젠테이션과 레이벨의 설득은 그레모리 가문과 피닉스 가문을 자극하기에 충분했다. 바로 작년에 쓰인 필드의 구축 술식이 유용되었고, 그때와 같은 공간이 재현되었다. 쿠오우 학원을 완벽하게 재현한 시합용 유사 공간이 만들어진 것이다.

현재 이 영역에는 현 그레모리 권속과 현 피닉스 권속이 존재했다. 그리고 그레모리와 피닉스 두 가문의 관계자들이 다른 장소에서 견학을 하고 있다고 한다. 뭐, 일전과는 달리 약혼 같은 중요한 문제가 걸린 대결이 아니기에, 귀족들의 심심풀이 시합 같은 느낌으로 이 대결이 결정되었다고 한다.

참고로 두 진영이 대기하고 있는 장소도 같다. 이쪽은 구교사에 있는 오컬트 연구부 부실이며, 상대는 신교사 안에 있는 학생회실이다. 정말 당시와 똑같았다. 다른 점은 새로 영입된 권속인 제노비아, 개스퍼, 로스바이세 씨가 참전했다는 점이리라. 피닉스 팀 쪽에는 레이벨이 빠진 듯한데…….

시합은 30분 후에 치러진다. 다들 게임에 대비해 이런저런 준비를 하고 있었다.

나중에 건틀릿을 전개하거나, 갑옷을 걸치기만 하면 되기에 준비가 빨리 끝난 나는 소파에 앉아 있었다.

나는 문득 리아스에게 물었다.

"그런데 리아스는 이 전황을 어떻게 봐? 구체적으로 말하자면 우리와 상대의 전력 차가 어느 정도라고 생각해?"

리아스는 탁자 위에 펼쳐져 있는 이 필드의 지도—— 쿠오우 학원의 약식 지도를 보면서 말했다.

"으음, 솔직히 말해 작년에 싸웠을 때와는 비교도 되지 않을 만큼 우리는 레벨업했어. 새로운 권속인 제노비아와 로스바이세, 그리고 진정한 힘을 해방한 아케노, 코네코, 개스퍼, 그리고 밸런스 브레이커에 도달한 잇세와 유우토. 그리고 나와 아시아도 이전에 비해 상당히 강해졌잖아. 개개인의 전투력도 그렇지만, 종합적인 힘으로 볼 때 정면 격돌을 하더라도 지지는 않을 거야."

……뭐, 그렇겠지. 우리는 이미 젊은 악마들 중에서 넘버원인 사이라오그 씨의 팀을 쓰러뜨려서 레이팅 게임의 프로 업계에서도 「상위 랭커 팀에게 필적하는 전력」이라는 평가를 받고 있다. 프로 세계에서는 신참에 속하는 라이저의 팀과 비교하더라도 전력적 측면에서는 우리가 압도할 수 있을 것이다. 그것도 그럴 것이 일전의 대결에서도 우리는 꽤 괜찮은 성적을 냈던 데다, 그 후 우리는 파워업을 반복해왔다. 게다가 새로운 멤버가 세 명이나 추가되었던 것이다. 상대도 예전처럼 여유를 부리지는 못할 것이다.

그것은 리아스도 알고 있겠지만, 약간 우려하는 점이 있는 것 같았다.

"하지만 상대 팀의 권속들이 요즘 들어 트레이닝을 하고 있다고 들었어. 라이저 또한 성에 트레이닝용 시설을 준비해가면서 자기 자신을 단련하고 있대……."

……그 이야기는 나도 들었다. 라이저도 우리나 시트리 팀, 바알 팀을 보고 권속들의 파워업을 도모하고 있다고 한다. 라이저 본인 또한 단련에 힘쓰고 있다는 건 나도 알고 있다.

그것도 그럴 것이 때때로 연락용 마방진을 통해 이야기를 나눌 때마다, 라이저는…….

『봐라, 효도 잇세이. 요즘 들어 팔뚝이 이렇게 굵어졌다. 근육질 귀족도 나름 매력적인 것 같지 않나?』

같은 말을 하면서 알통 자랑을 했거든……. 귀족의 자존심 때문인지 직접 말하지는 않지만, 남몰래 단련하고 있다는 건 눈치챘어. ……아니, 솔직하게 말해 별일 없을 때도 라이저가 시시콜콜 연락을 해서 정말 난감하다고. 그 녀석, 주변에 친구가 없는 것 같거든. 이런 이야기를 할 남자 친구라고는 내가 유일한 것 같아. 이 게임이 결정되었을 때도 대뜸 나한테 연락을 하더니 『어떻게 된 거냐! 자세하게 이야기해봐라!』라고 말했지…….

옛날 일을 떠올리며 지긋지긋해하는 나에게, 리아스는 말했다.

"게다가 상대 팀의 어드바이저는 레이벨이야. 우리에 대해 속속들이 알고 있는 그 아이가 있으니 기발한 작전으로 우리를 몰아붙이려고 할지도 몰라. 테크니컬한 전술에 익숙하지 않다는 우리의 약점을 노릴 가능성도 충분히 있어."

그래. 리아스의 말대로 이번에는 레이벨이 저쪽 팀의 어드바이저지. 게임 전에 라이저 팀에게 조언을 하는 위치다. 공식전이 아니라 어디까지나 두 가문의 교류 시합이기 때문에, 그런 점들에 대해서는 엄격하지 않은 것 같았다. 리아스와 우리가 그걸 허락하기도 했지만 말이야. 레이벨이 어떤 조언을 했을지 다들 내심 기대하고 있기도 하거든.

준비를 끝낸 키바도 대화에 참가했다.

"그리고 상대 팀의 빈자리인 『비숍』을 맡아주기로 한 도우미도 여성이라는 것 이외에는 아무것도 알아내지 못했죠."

키바의 말대로 상대 팀은 레이벨이 없기 때문에 『비숍』 자리가 하나 비었다. 그래서는 게임이 일방적으로 진행될 수도 있기에 레이벨이 이번만 특별히 도우미를 투입했다고 한다. 그 도우미가 여성이라는 것 외에는 아직 아무것도 밝혀지지 않았다.

평소 애용하는 전투복을 입은 제노비아는 주먹으로 가슴을 두드리며 자신만만한 목소리로 말했다.

"뭐, 걱정할 거 없어. 그때는 내가 없었지만 지금은 있잖아. 그것만으로도 상황은 엄청나게 달라진다구."

뭐, 그건 그래. 그때는 사람이 정말 모자랐지. 하지만 지금은 모든 자리가 채워졌기 때문에 그레모리 권속의 진짜 실력을 발휘할 수 있다.

——바로 그때, 아나운스 음성이 들려왔다.

『여러분. 그레모리 가문, 피닉스 가문의 「레이팅 게임」의 어비터를 맡게 된 그레모리 가문의 메이드, 그레이피아입니다.』

오오, 그레이피아 씨의 아나운스! 반가운걸!

『이번 게임은 두 가문의 교류 시합이며, 룰 또한 그에 맞춰 통상적인 공식 룰과는 다릅니다. ——일전에 치러진 두 가문 간의 대결과 동일한 룰이 적용됩니다.』

나는 그 말을 듣고 약간 놀랐다.

"아, 룰은 그대로구나. 우리에게 제한을 둘 거라고 생각했는데 말이야."

우리 쪽은 파괴력이 엄청나니, 필드를 부수지 말라, 같은 룰로 우리의 힘을 제한할지도 모른다고 생각했지만 딱히 그런 것은 없었다.

그 말을 들은 리아스는 미소 지었다.

"당시의 대결을 재현하는 게 목적 중 하나잖아. 그러니 이 게임을 지켜보고 계실 아버님과 피닉스 가문의 아저씨도 대번에 합의하셨을 거야."

그리고 리아스의 말에 따르면 이 필드 자체도 당시의 필드보다 강화되어 있기 때문에 우리가 날뛰더라도 웬만해서는 부서지지 않을 거라고 한다.

"그럼 피닉스의 눈물 숫자와 소유권도 그대로 재현하는 거구나!"

내 말을 들은 리아스가 "그래." 하고 말하면서 고개를 끄덕였다. 또 우리는 피닉스의 눈물이 없는 거구나.

"……하지만 저희에게는 아시아 선배가 있어요. 그때보다 회복의 힘이 강해졌으니 전혀 문제없어요."

코네코의 말에 아시아도 동의했다.

"예! 회복은 저에게 맡겨주세요!"

뭐, 아시아가 있으면 최악의 사태는 면할 수 있겠지. 아, 어디까지나 교류 시합이니까 예전처럼 필사적으로 싸울 필요는 없지만…….

"""…………."""

다들 의욕을 불태우고 있거든. 이거, 꽤 재미있겠는걸. 나도 당시에 하지 못했던 것들을 이번에 전부 다 해봐야지!

귀에 인터컴 대용인 마력 통신을 넣었을 때, 그레이피아 씨의 음성이 들려왔다.

『개시 시간이 되었습니다. 그리고 제한 시간은 24시간입니다. 그럼 게임을 스타트해주십시오.』

　학교의 차임이 울렸다. 그리운 분위기 속에서, 게임이 시작되었다!

$$-\circ\ \bullet\ \circ-$$

　구교사에서 나온 나는 동료들과 함께 목적지로 향했다. 목적지는—— 체육관! 그렇다. 예전에 썼던 전술을 그대로 쓰고 있었다. 우선 중앙에 있는 체육관으로 향한다! 이번 대결은 리아스의 리벤지 매치다. 그렇기에 예전과 같은 전술을 펼치기로 했다!

　하지만 그때와 다른 점은 체육관으로 향하는 멤버가 나와 코네코만이 아니라 제노비아도 있다는 것이다. 이것만으로도 양상은 크게 달라지리라.

　체육관에 도착한 우리는 지난번과 마찬가지로 뒷문을 통해 안으로 들어갔다. 그러자 체육관의 코트에 네 여성이 서 있었다. 차이나드레스를 입은 『룩』—— 슈에란 씨, 곤봉을 든 로리 소녀 『폰』—— 미라, 그리고 체인톱을 든 쌍둥이 『폰』 이르와 네르!

　……설마 이렇게까지 그때와 똑같을 줄이야. 라이저도 뭘 좀 알잖아!

　차이나드레스를 입은 『룩』 슈에란 씨가 우리를 보더니 웃음을 터뜨렸다.

"역시 왔네."

나는 코트에 내려서면서 말했다.

"……이거 꽤 그리운 상황인걸."

"응. 뭐, 이런 여흥도 나쁘지는 않잖아?"

상대도 어깨를 으쓱하는 것을 보면 이 상황이 싫지만은 않은 것 같았다.

슈에란 씨가 전투태세를 취했다!

"그때 내지 못한 결판을 이번에야말로 제대로 내볼까요."

네코마타 모드인 코네코가 투기를 온몸으로 뿜으면서 한 걸음 앞으로 나섰다.

"바라는 바예요. 저도 예전보다 강해졌거든요."

그렇게 말한 두 사람은 바로 체술 대결을 펼치기 시작했다! 투기를 두른 코네코의 공격도 날카롭지만, 상대인 슈에란 씨도 예전보다 훨씬 날카로운 지르기와 발차기를 날리며 멋진 승부를 펼쳤다!

그 옆에 있는 쌍둥이는 무시무시한 소리를 내는 체인톱을 든 채 즐거워하고 있었다.

"해체할게요~ ♪"

"산산조각 산산조각 ♪"

그리운 대사다! 그때는 그녀들의 미소를 보고 전율했었지! 두 소녀는 체인톱으로 나를 겨눴다.

"오래간만이네, 밝힘증 드래곤!"

"이번에는 그때처럼 알몸이 되지 않을 거야!"

드레스 브레이크를 처음으로 실전에 투입했을 때 말이구나. 이야, 그건 꽤나 자극적이고 획기적이며, 내 나아갈 길이 제시된 중요한 순간이었습죠!

그럼 한 번 더 벗겨볼까, 하고 내가 생각한 순간, 그녀들 앞을——제노비아가 막아섰다.

"——호오, 산산조각이라. 재미있겠는걸."

뒤랑달과 엑스칼리버를 양손에 든 제노비아는 쌍둥이 『폰』과 대치했다.

쌍둥이도 제노비아를 보고 놀란 것 같았다.

"앗! 그때는 없었던 검사 언니다!"

"언니가 우리를 상대할 거야?!"

"그래. 이번에는 나도 체육관 공략을 맡았거든. 자아, 덤벼봐. 뒤랑달과 엑스칼리버를 맛보여주지."

제노비아와 체인톱을 든 쌍둥이가 격돌했다! 두 자루의 성검으로 쌍둥이의 체인톱을 받아낸 제노비아는 즐거워하면서 단숨에 밀어붙였다!

이렇게 되면 남은 이는…….

"오래간만이군요."

곤봉을 든 소녀——『폰』 미라가 내 앞에 섰다.

"넌…… 미라였지?"

그녀는 내 말을 듣고 고개를 끄덕였다.

"예. 못 본 사이에 멋지게 성장했군요."

미라는 곤봉으로 전투태세를 취했다.

그 모습을 보자 예전 기억이 떠올랐다. 라이저가 처음으로 부실에 나타났을 때, 그에게 달려들려고 한 나를 제압한 사람이 바로 그녀다. 그 미라가 또 내 앞에 섰다. 정말 감개무량하기 그지없었다.

"그래. 나도 강해졌다고. 이제 너한테 맞고 날아가던 시절의 내가 아냐!"

그렇게 외친 나는 아우라를 증폭시켜 갑옷을 걸쳤다!

『Welsh Dragon Balance Breaker!!!!!!!!』

──그때는 걸치지 못했던 이 부스티드 기어 스케일 메일!

지금은 이 상태로 싸울 수 있다! 나는 정면에서 그녀를 향해 쇄도했다. 그녀 또한 고속으로 쇄도한 내가 날린 공격을 한 번은 피했지만── 순식간에 그녀의 등 뒤로 이동한 나는 드래곤샷을 날렸다!

미라는 그대로 드래곤샷의 아우라에 집어삼켜지고 말았다! 참고로 마력탄의 여파에 의해 옷까지 찢어지고 말았는데…… 미안한 마음이 들면서도 감사합니다, 하고 말하고 싶어졌다! 눈이 호강 좀 했사옵니다!

"……큭, 역시……. ……나, 나중에……."

그녀는 리타이어의 빛에 의해 사라지기 직전, 볼을 붉히면서 이렇게 중얼거렸다.

"사인해주세요……. 실은 팬이에요!"

──윽! 정말?! 미라 씨가 내 팬?! 그거 깜짝 놀랄 일인걸!

『라이저 님의 「폰」, 1명 리타이어.』

그레이피아 씨의 아나운스가 울려 퍼지면서, 미라 씨는 탈락했다.

예전에 나를 고전하게 했던 그녀를……. ──일격에 쓰러뜨리고 말았다. 내가 강해졌다는 걸 실감할 수 있었다.

고개를 돌려보니 코네코와 제노비아도 결판을 낸 상태였다. 리타이어의 빛에 휩싸인 『룩』 슈에란 씨와 『폰』 체인톱 자매──.

『라이저 님의 「룩」 한 명, 「폰」 2명 리타이어.』

체육관에서의 일전은 우리의 압승으로 끝났다──.

우리는 주위를 경계하면서 체육관을 빠져나왔다.

……그것도 그럴 게, 지난번과 똑같은 방식으로 전개된다면, 지금 아케노 씨가 체육관에 뇌격을 날리거나, 상대팀의 『퀸』이 기습으로 코네코를 폭파할 거거든!

코네코도 같은 전철을 밟지 않겠다는 듯이 고양이 귀를 쫑긋 세우면서 주위를 경계하고 있었다. 하지만 상대팀의 『퀸』은 결국 모습을 드러내지 않았다…….

"아케노 씨의 뇌광이 체육관에 직격! ……같은 일은 이번에 없나 보네."

코네코와 마찬가지로 주위를 살피던 나에게 리아스의 통신이 들어왔다.

『그렇게까지 똑같이 할 필요는 없다고 생각해. 게다가──.』

나는 깜짝 놀랐다. 하늘을 올려다본 내 눈에 공중에 떠 있는 두 여성의 모습이 들어왔기 때문이다.

『「퀸」끼리 결판을 내고 싶어 하는 것 같거든.』

리아스가 그렇게 말했다. ……하늘에 떠 있는 이는 아케노 씨와 라이저의 『퀸』── 유베르나 씨! 아케노 씨가 빙긋 웃으면서 말했다.

"어머머머, 오래간만이군요. 폭탄 여왕──『봄 퀸』양?"

"그래. 오래간만이야. 번개…… 아니, 지금은 『뇌광의 무녀』였지?"

두 사람은 박력 넘치는 아우라를 내뿜고 있었다. 뭐, 저 두 사람 사이에는 그러고도 남을 이유가 있긴 해. 몰아붙이기는 했지만 상대가 피닉스의 눈물을 쓴 바람에 지고 만 아케노 씨. 프로도 아닌 아케노 씨에게 밀린 유베르나 씨. 서로에게 이런저런 감정이 남아 있을 게 뻔했다.

아케노 씨가 타천사의 날개를 펼치자, 그녀의 손에 번개가 맺혔다.

"이번에는 정정당당하게 싸워서 승리하겠어요. 물론 당신은 피닉스의 눈물을 사용해도 된답니다."

아케노 씨의 도전적인 말을 들은 유베르나 씨는 자신만만한 미소를 지었다.

"후훗, 나도 그 후로 마력과 마력을 갈고닦았어. ──이번에도 져주지는 않을 거야."

그렇게 말한 두 사람은 공중에서 서로를 향해 강력한 마력을 방출하며 격돌했다! 뇌광이 눈부신 빛을 뿜으며 울려 퍼졌고,

폭파의 마력 또한 지지 않겠다는 듯이 쉴 새 없이 폭발했다!

그와 동시에 등 뒤에서 폭음과 폭풍이 피어올랐다! 뒤쪽을 쳐다보니 구교사 쪽에서 연기가 피어오르고 있었다.

"우왓! 저쪽에서 무슨 일이 일어나고 있는 거야?"

내가 그렇게 말하자, 리아스에게서 통신이 왔다.

『로스바이세와 개스퍼가 다가오고 있던 라이저의 「폰」 세 명을 격파했어. 지난번에는 유우토가 그 역할을 맡았지만, 이번에는 로스바이세가 설치해둔 마법과 개스퍼의 힘으로 처리했어.』

──바로 그때, 그레이피아 씨의 아나운스가 들렸다.

『라이저 님의 「폰」, 3명 리타이어.』

아, 그런 일도 있었지. 라이저는 그런 부분까지 재현했구나. 하지만 이쪽은 일부러 로스바이세 씨를 그쪽에 배치한 거네. 뭐, 지금 방금 리타이어된 슈리야, 마리온, 뷰렌트라는 여성 「폰」 셋이서 로스바이세 씨의 마법 공격과 개스퍼가 지닌 어둠의 짐승을 상대하는 건 힘들 거야. 요즘 들어 로스바이세 씨는 방어 마법과 결계술식 쪽도 강화했고, 개스퍼는 육탄전을 단련하고 있기도 하잖아.

……참고로 내가 상대 권속 전원의 이름을 전부 외우고 있는 것은 재시합이 결정되었기 때문이라든가, 일전의 대결에서 진게 분해서가 아니다. 그저 라이저로부터의 정기 연락 때마다 권속들의 이름을 듣기 때문에 자연스럽게 외우고 말았다.

……젠장! 라이저 자식, 권속 여자애에 관한 문제까지도 나와

상의하려 한다고! 분하고 괘씸해! 아, 그래도 참고는 돼! 하렘을 만들게 되면 남자 쪽도 마음고생이 심해진다는 걸 라이저의 이야기를 통해 지긋지긋할 정도로 알게 됐거든!

……아, 지금은 이런 생각을 할 때가 아니지.

"그럼 키바 녀석은……?"

내가 전우의 이름을 입에 담자…….

"여어, 잇세 군."

옆에서 키바가 불쑥 나타났다.

"뭐야. 벌써 와 있었던 거야?"

"그래. 후후후. 이번에는 코네코도 무사하고, 제노비아도 있어. 정말 든든한걸."

키바의 말이 맞다. 지금까지 우리 쪽에는 리타이어한 사람이 한 명도 없다! 이 점은 매우 중요했다! 전황 면에서도, 그리고 자신감 면에서도 말이다! 그때와는 완전히 달라진 우리를 보여 주고 있다고!

제노비아도 의기양양한 목소리로 말했다.

"그래. 그리고 이제부터가 승부처야. 곧 로스바이세도 우리와 합류할 테고, 아케노 전 부부장님도 저 봄 퀸에게 이길 거야!"

체육관 주변은 공중에서 마력 대결을 펼치고 있는 아케노 씨에게 맡기기로 한 우리는 신교사 뒤편에 있는 운동장으로 향했다——.

야구부 운동장에 도착한 우리── 나, 키바, 코네코, 제노비아를 기다리고 있는 이는 갑옷을 입은 여성 『나이트』였다.

운동장 중앙에 선 그녀는 우리가 오기를 기다리고 있는 듯한 눈치였다.

그녀는 기억하고 있다. 피닉스의 『나이트』── 카라마인 씨다.

일전에 카라마인 씨와 대결을 펼쳤던 키바는 여전히 대담하기 그지없는 그녀를 향해 미소 지었다. 그때도 카라마인 씨는 운동장 중앙에 당당히 서서 키바를 불러냈었다.

키바는 그녀에게 다가가면서 말했다.

"오래간만이야, 카라마인."

"그래. 만나고 싶었다. 키바 유우토."

검사들 간의 교감 같은 것이라도 있는 건지, 두 사람 다 재회를 기뻐하고 있는 것 같았다.

문득 신경 쓰인 내가 키바에게 물었다.

"그러고 보니 그때는 묻는 걸 깜빡했는데 말이야. 저 카라마인 씨가 만났다는 성검 소유자는 대체 누구였던 거야?"

나는 키바와 카라마인 씨가 대결을 펼치며 나눴던 이야기를 떠올렸다. 그때 그녀는 자신이 성검의 소유자와 만난 적이 있다는 이야기를 대뜸 꺼냈었다. 만약 키바가 자신을 이긴다면 그자가 누구인지 가르쳐주겠다고 카라마인 씨가 말했다. 당시 성검을 증오하고 있었던 키바는 그 말을 듣고 마치 사람이 바뀐 것처럼 살기를 뿜었다.

이제 그 증오가 사라진 키바는 쓴웃음을 지으면서 당시의 일을 떠올렸다.

"아, 그 사람은——."

바로 그때, 키바의 말을 막듯 카라마인 씨가 자신만만한 웃음을 터뜨렸다.

"후후후. 곧 알게 될 거다. 실은 이번에 믿음직한 선생님이 가세해주셨지! 그분이라면 레이벨 님이 빠져서 생긴 구멍을 충분히 매워주실 터! 선생님! 잘 부탁드립니다!"

그 말에 따르듯 공중에 등장한 이는——! 밤색 머리카락을 트윈 테일 스타일로 묶은 여성 검사——.

"짜잔! 내가 바로 도우미야!"

"이, 이, 이라나아~——?!"

나는 완전히 당황하고 말았다! 그것도 무리는 아니었다! 눈앞에 전투복을 걸친 이리나가 나타났으니까 말이다!

제노비아도 이 광경을 보고 아연실색했다.

"이건 정말 놀라운걸. 안 보인다 싶었더니……."

"하지만 레이벨 씨가 준비한 도우미가 여성이라면…… 아하, 그렇게 된 거구나."

키바는 납득했는지 고개를 끄덕였다.

그래. 레이벨이 부른 도우미는 바로 이리나! 이리나는 오늘 아침, "볼일이 있어서 배웅은 못할 것 같아."라고 말했다. ……그 볼일이 바로 이거냐!

카라마인 씨는 이리나를 맞이하면서 말했다.

"이분이 바로 『비숍』 요원, 이리나 님이다. 바로 천사시지! 과

거에 내가 만났던 성검 소유자이기도 하지.”

이리나는 V사인을 날렸다.

“우후후, 그래. 2년 전에 어떤 나라에서 만난 악마 여성 검사가 피닉스 권속일 줄이야. 엄청난 인연이라고 생각하지 않아?”

그래. 확실히 놀라운 인연이야. 반년 넘게 묵혀뒀던 진실이 겨우 이딴 것일 줄이야!

“……하아아아아아아아아.”

이리나는 머리를 감싸 쥔 나를 향해 윙크를 했다.

“후후후. 나, 실은 악마의 레이팅 게임에 참가해보고 싶었어! 이번 게임 한정 『비숍』 요원으로서 달링과 제노비아를 열심히 상대해줄게!”

저 천사 양반, 이딴 소리를 하면서 성검 오트 클레르를 꺼내 들었어! 의욕이 넘쳐흐르네!

“……부, 부장님 아니, 리아스. 어, 어떻게 할까?”

게임 내용이 예전 대결 때를 재현하고 있기 때문일까, 나는 무심코 리아스를 「부장님」이라고 부를 만큼 동요하고 말았다.

하지만 통신 너머에 있는 리아스는 웃음을 터뜨렸다.

『후후후. 재미있게 됐네. 이런 것도 교류 시합이기에 가능한 걸지도 몰라.』

당사자인 이리나는 검을 고쳐 들면서 이렇게 말했다.

“내 상대는 제노비아, 아니면 키바 군? 아, 잇세 군이나 코네코라도 괜찮아!”

그 말을 들은 제노비아가 한 걸음 앞으로 나섰다.

"재미있네! 그럼 내가 상대해주지! 여기서 이리나와 싸우는 것도 재미있을 것 같으니까 말이야. 결국 화평 때문에 실현되지 못했던 이리나와의 대결을 이 자리에서 펼치는 것도 나쁘지 않겠지."

제노비아는 그렇게 말했다.

그렇다. 코카비엘과 싸운 후, 3대 세력이 화평을 맺지 않았다면 두 사람은 적으로서 만나게 됐을지도 모른다. 그럼 이런 상황도 벌어졌을 것이다.

그 말을 들은 이리나는 순진무구한 미소를 지었다.

"좋아! 승부를 펼쳐보자구, 제노비아!"

드디어 제노비아와 이리나, 두 여성 검사가 전투를 시작했다!

이것은 당시의 게임에서 없었던 흥미진진한 상황이네. 뭐, 이런 예상 못한 일이 일어나야 재미있지. 당시의 상황을 그대로 재현하는 척하다 이런 기발한 방법을 쓰자는 작전은 아마 상대 팀의 어드바이저인 레이벨의 머리에서 나온 것이리라.

옆에 있던 키바와 카라마인 씨도 격돌했다!

"이게 그 소문 자자한 성마검인가! 그때는 맛보지 못했지만⋯⋯!"

"이번에 듬뿍 맛보라고!"

두 사람 다 즐거워하면서 싸우고 있었다! 카라마인 씨도 예전과는 다른 마검을 양손에 들고 키바의 성마검을 쳐내고 있었다.

자아, 나와 코네코가 이제 어떻게 할지 생각하고 있을 때——.

"냥냥."

"냥냥냥."

고양이 귀가 달린 『폰』 여성 두 명이 나타났다! 니이와 리이다. 네코마타였던가. 하지만 코네코와는 종족이 다른 것 같은데…….

"그때는 당했지만."

"이번에는 안 당해!"

두 사람은 나를 노려보았다. 그러고 보니 그때는 나와 키바의 콤비네이션으로 일망타진했었지.

바로 그때, 고양이 귀 『폰』 두 사람을 고양이 귀 『룩』 코네코가 막아섰다.

"……고양이 귀 소유자끼리 싸워보고 싶었어요. 체술을 사용하는 점도 겹치니, 이 기회에 어느 쪽이 더 뛰어난 고양이 귀인지 결판을 내도록 하죠."

오오, 코네코가 참전했어! 결국 고양이 귀 소녀 세 명이 운동장을 내달리기 시작했다!

키바, 제노비아, 코네코가 전투에 들어갔다면, 나는…….

"네 상대는 바로 나야."

바로 그때, 제삼자의 목소리가 들렸다. 고개를 돌려보니 가면으로 얼굴을 반 정도 가린 여성이 눈에 들어왔다! 라이저의 『룩』인 이자벨라 씨다. 이 사람과는 전부터 교류가 있었지.

"오래간만이에요, 이자벨라 씨."

"그래. 설마 같은 전장에서 또 이렇게 마주치게 될 줄은 몰랐어……."

이자벨라 씨는 웃음기 섞인 뉘앙스로 그렇게 말하면서 플리커 자세를 취했다. 아아, 그리운걸. 나는 저 플리커에 밀렸다. 하지만 지금은———.

갑옷을 걸친 내 몸에서 붉은색의 아우라가 뿜어져 나왔다. 그 모습을 본 이자벨라 씨는 탄성을 터뜨렸다.

"……엄청난 아우라야. 그때와는 하늘과 땅 만큼 다른걸, 적룡제."

"……성장한 내 주먹을 받아 주겠어요?"

내가 그렇게 묻자, 이자벨라 씨는 미소를 지었다.

"나로서는 바라 마지않던 일이야! 구마왕파, 로키, 조조, 사룡을 쓰러뜨린 네 주먹을 나에게 보여줘!"

이자벨라 씨의 몸에서도 아우라가 뿜어져 나왔다. 예전보다도 아우라가 농밀했다. 이 사람이 남들 이상으로 수행을 해왔다는 증거이리라.

가벼운 스텝으로 거리를 줄인 이자벨라 씨는 흔들고 있던 주먹을 날카롭게 날렸다! 플리커! 이전에는 한 방 한 방이 너무 묵직해서 그대로 당할 뻔했다! 하지만———!

나는 몸놀림으로 그 공격들을 전부 피한 후, 이자벨라 씨의 복부를 향해 손바닥을 날렸다. 이자벨라는 팔을 교차시켜 방어하려 했지만, 내 일격은 그녀의 예상을 뛰어넘었는지 가드를 완벽하게 뚫었다. 그때와는 정반대되는 상황이 벌어진 것이다.

……젠장, 감개무량하네……! 나는 그때 이 사람에게 압도적으로 밀렸다고! 그리고 갖가지 작전을 동원한 끝에 겨우 이겼

어! 내가 지금까지 치른 싸움이 헛되지 않았다는 사실을 실감했기 때문일까, 가슴이 벅차올랐다!

"좋은 공격이야. 당하는 입장인 내가 자랑으로 여기고 싶다는 생각이 들 정도로 말이야."

그리고 이자벨라 씨는 그런 감동적인 말까지 해줬다.

나는 그 말에 보답하기 위해, 드래곤샷을 날릴 준비를 했다! 그때도 이렇게 드래곤샷으로 당신을 쓰러뜨렸지!

『BoostBoostBoostBoostBoostBoostBoostBoostBoostBoostBoostBoostBoostBoostBoostBoost!!』

보옥에서 음성이 흘러나오더니, 증폭된 아우라가 오른손에 집중되었다! 나는 드래곤의 두 날개를 펄럭이면서 하늘을 날아올라, 이자벨라 씨를 움직임으로 교란했다. 그리고 빈틈을 발견한 순간, 오른손에 모인 마력을 발사했다!

"가라——!"

특대 드래곤샷이 발사됐다! 이자벨라 씨도 그냥 당할 수는 없다는 듯이 재빨리 몸을 피했지만——.

"휘어져랏! ——그리고 동시에 드레스브레이크!"

나도 성장했다! 나는 드래곤샷의 궤도를 변경하기 위해 의식을 집중했다! 그와 동시에 드레스브레이크도 발동시켰다. 실은 방금 손바닥이 닿은 순간 조건을 만족시켜뒀던 것이다.

드래곤샷은 호를 그리며 고속으로 휘어졌고, 그리고 그것을 피하려는 이자벨라 씨의 옷이 드레스브레이크에 의해 파괴됐다!

"——큭! 이런 것까지 재현하는 거야?!"

옷이 찢어진 이자벨라 씨는 깜짝 놀란 표정을 지었다! 예, 이왕 할 거면 철저하게 해야죠!

"눈 호강 했습니다! 감사합니닷!"

나는 이자벨라 씨에게 감사 인사를 드렸다! 그녀의 풍만한 육체를 본 덕분에 나는 갑옷 안에서 코피를 터뜨릴 뻔했다! 그러고 보니 이자벨라 씨의 가면은 드레스브레이크로도 파괴되지 않는구나! 지난번에도 그랬는데, 이번에도 마찬가지야! 으음, 내 마력을 무효화하는 무언가가 저 가면에 있는 걸까? 아니면 내 성적 취향이 이 기술에 반영되었을 뿐이려나?

밸런스 브레이커 판 드레스브레이크+드래곤샷을 정통으로 맞은 이자벨라 씨는 리타이어의 빛에 휩싸인 채 사라졌다.

『라이저 님의 「룩」, 1명 리타이어.』

그레이피아 씨의 아나운스가 들렸다.

……자아, 내 쪽은 끝났는데, 키바와 제노비아는…….

"내 마검들도 보여줄까? 그럼 이외라면 얼마든지 보여줄 수 있어."

"호오, 흥미 깊은 제안이지만, 가능하면 기사단도 보여줬으면 좋겠군."

키바와 카라마인 씨는 이런 대화를 나누면서 검사 대결을 만끽하고 있었다.

그리고 제노비아와 이리나는———.

"몇 년 전에 맡았던 악령 저택에서의 임무 때, 내가 악령을 더 많이 퇴치했어!"

"아니, 나야! 제노비아는 그때 지각했었잖아!"

"그건 다른 임무다! 네크로맨서 퇴치 때의 일이라구!"

"양쪽 다 지각했었단 말이야! 왜 자기한테 불리한 일은 잊어 버리는 거야?!"

교회 전사 시절에 있었던 일을 가지고 이야기꽃을 피우고 있었다.

……양쪽 다 추억을 회상하며 대결을 벌이고 있었기에, 꽤 시간이 걸릴 것 같군.

"……팔 십자 꺾기예요."

"아야야야야야얏! 리이, 도와줘냐아아아아아아앙!"

참고로 코네코는 관절기를 걸고 있었다. 상대는 비명을 질러 대고 있었다.

코네코와 고양이 귀『폰』의 대결은 그야말로 캣파이트였으며, 이쪽 또한 꽤 볼 만했다.

……으음, 왠지 누군가를 잊고 있는 것 같은 느낌이 들었다. 그런 생각을 하고 있을 때, 화려한 일본식 전통 복장을 한 소녀가 나타났다. 그녀는 라이저의『비숍』—— 미하에였던가?

그녀는 나를 향해 고개를 꾸벅 숙인 후 말했다.

"따라오시죠. ——주인님께서 기다리고 있습니다."

……나는 동료들에게 이곳을 맡긴 후, 그녀를 따라갔다.

그녀가 나를 안내한 곳은 신교사의 현관이었다. 예전에는 뒤편으로 침입했었지.

그곳에서 아시아와 로스바이세 씨, 그리고 개스퍼가 기다리고 있었다.

"아, 잇세 씨."

"선배, 기다리고 있었어요~."

"빨리 왔군요."

세 사람이 나를 맞이해줬지만, 리아스의 모습은 보이지 않았다. 이 세 사람이 여기 있는 것을 보면 그녀도 여기 있어야 정상인데…….

"리아스는?"

"위쪽에 있어요."

"라이저 씨의 요청으로 혼자 먼저 들어갔어요."

──내 질문에 아시아와 로스바이세 씨가 대답했다.

……정말, 여기까지 똑같을 줄이야. 그렇다. 그때도 리아스는 아시아를 데리고 이 건물에 들어갔다. ──라이저와 결판을 내기 위해서 말이다.

건물을 올려다보는 우리를 향해 미하에 씨가 말했다.

"라이저 님이 위에서 기다리고 계십니다. 만나러 가주십시오. 하지만 적룡제 님과 아시아 아르젠토 님만 들어가실 수 있습니다."

우리는 서로를 바라보았다.

로스바이세 씨와 개스퍼는 고개를 끄덕였다.

"가세요. 양측의 『킹』에게 나름 생각하는 바가 있는 거겠죠."

"예, 그럴 거예요. ──그리고 우리의 상대는…….."

그렇게 말한 로스바이세 씨와 개스퍼는 미하에 씨를 쳐다보았다. 일본풍 복식을 걸친 그녀는 온몸으로 아우라를 뿜으며 로스바이세 씨와 개스퍼를 보내지 않겠다는 뜻을 밝히고 있었다.

나와 아시아는 동시에 고개를 끄덕인 후, 현관을 통과했다.

"뒷일을 부탁해요, 개스퍼, 로스바이세 씨!"

나는 아시아를 공주님 안기 포즈로 든 후, 드래곤의 날개를 펄럭이며 건물 안을 날았다. 잠시 후, 뒤쪽에서 격렬한 소리가 들렸다. 로스바이세 씨&개스퍼가 미하에 씨와 격돌한 것이리라.

나는 복도를 날면서 당시의 일을 떠올렸다.

엉망진창이 된 나는 숨을 헐떡이면서, 그리고 고통을 참으면서, 이 복도를 내달렸다. 주인인 리아스── 부장님을 구하기 위해 전력으로 달렸다. 몇 번이나 쓰러졌지만, 그때마다 일어나 위쪽으로 향했었다…….

이 전장에는 나를 감개에 젖게 하는 것이 잔뜩 있었다. 그리고 그 핵심이라고 할 수 있는 존재가 이 앞에서 나를 기다리고 있을 것이다.

『라이저 님의 「비숍」, 1명 리타이어.』

로스바이세 씨와 개스퍼가 승리했다는 소식을 들으면서, 나는 이 건물의 옥상에 도착했다.

그곳에서 나를 기다리고 있는 이는── 리아스와, 라이저 피닉스!

두 사람은 싸우지 않았는지 옷깃이 흐트러지지 않았으며, 옥상에도 전투를 벌인 흔적이 없었다.

나는 아시아를 내려준 후, 리아스의 옆에 섰다.

"부장님! 효도 잇세이, 바로 지금 달려왔습니다!"

나는 그때 입에 담았던 대사를 리아스를 향해 말했다. 리아스도 그 말을 듣고 그리움을 느꼈는지 작게 웃었다.

"고마워, 잇세. 이렇게까지 똑같으니 왠지 좀 창피하네."

맞아요. 기분이 이상합니다요!

그리고 라이저는 나를 보더니…….

"드래곤 애송이인가? 레이벨 녀석, 그냥 보낸 건가—— 하고 당시에 나는 말했었지."

……하고 쓴웃음을 지으면서 말했다. 아~, 확실히 그런 말을 했던 것 같아.

당시의 일을 떠올리고 있을 때…….

『라이저 님의 「퀸」, 리타이어.』

유베르나 씨의 패배를 알리는 아나운스가 들렸다. 그것은 아케노 씨의 승리를 의미했다. 라이저는 자신의 권속이 졌다는 사실을 알고 조용히 눈을 감았다.

일전에는 아케노 씨를 쓰러뜨린 유베르나 씨가 이곳으로 날아왔다. 그러고 보니 당시의 나는 아케노 씨가 졌다는 사실을 알고 엄청 놀랐었지.

바로 그때, 아케노 씨가 이 옥상으로 날아왔다. 전투복인 무녀복은 너덜너덜했다. ……노 대미지로 승리하지는 못한 건가. 유베르나 씨도 그만큼 강해졌다는 것이다.

"유베르나는 수행을 통해 실력이 가장 늘었는데도…… 그래. 역시 리아스의 권속에게는 미치지 못한 것인가. ……하긴, 지금까지 경험한 수라장의 숫자가 다를 테지."

라이저는 냉정한 목소리로 그렇게 중얼거렸다. 예전의 라이저라면 권속들이 패배했다는 사실을 알고 흥분해 쓴소리를 했을 것이다. 하지만 이번 결과는 어느 정도 받아들이고 있는 것 같았다.

라이저는 그렇게 말한 후, 상의를 벗었다. 반라에 가까운 전투복을 안쪽에 입고 있는 것 같았다.

그의 등에 불꽃으로 된 날개 한 쌍이 생겨났다. ……나는 그 불꽃을 보고 깜짝 놀랐다.

——예전과는 비교도 되지 않을 만큼 농후하고 거대한 불꽃이 등에 달려 있었다!

갑옷을 걸쳤는데도 열기가 느껴질 정도였다. 정통으로 맞았다간 갑옷을 입었다 할지라도 무사하지 못하리라.

라이저가 리아스에게 말했다.

"……리아스, 미안하지만 끼어들지 마라. 나는…… 이 녀석과 싸워보고 싶다. 천사에게 도움을 요청한 것도, 이 대결을 나 자신이 바랐기 때문이지. ……레이벨도 내 마음을 헤아려 줬다."

——윽!

……우리는 라이저의 고백을 듣고 경악했다. 라이저는——나와 이 자리에서 다시 싸우는 것을 열망하고 있다. 리아스의

개입을 허락하지 않을 만큼, 라이저는 나와의 승부를 바라고 있는 것이다.

"나는 말이야, 리아스. 너보다도 저기 있는 남자에게 푹 빠졌다. 저 녀석을 쓰러뜨리지 않는 한, 나는 진정한 의미에서 드래곤을 극복했다고 할 수 없어!"

라이저의 진의를 안 리아스는 한숨을 내쉬면서 이렇게 대답했다.

"네가 제아무리 불사신이라도, 몇 번이나 사선을 헤쳐 나오면서 강적들을 쓰러뜨린 잇세를 상대하는 건 무모한 짓이야. ……그래도 싸울 거지?"

라이저는 박력 넘치는 아우라를 뿜으면서 한 걸음, 또 한 걸음 나에게 다가왔다.

"리아스, 나는—— 져도 괜찮다. 그 패배를 거름 삼아 더욱 성장해주지. 무엇보다도 강자와 싸우는 것이야말로 의미가 있다는 사실을 깨달았다! 효도 잇세이!"

라이저는 나를 손가락으로 가리키면서 외쳤다!

"불새와 봉황! 그리고 불사조 피닉스로 칭송받았던 우리 일족의 업화! 네 몸으로 직접 느끼고 불타올라라!"

그렇게 말한 라이저는 불꽃을 둘러 자신의 몸을 거대한 불새로 만들더니 그대로 하늘로 날아올랐다! 그 파티장에서 봤던 광경이 다시 펼쳐지고 있는 것만 같은걸!

저 상태에서 나를 향해 돌진할 생각이겠지!

그런 라이저를 본 나는…… 마음속 깊은 곳에서 무언가가 끓어오르는 것을 느꼈다!

"……리아스, 부탁이야. 절대 끼어들지 마! 나는…… 라이저 피닉스와 지금 이 자리에서 싸우고 싶어!"

리아스도 내 뜻을 존중하겠다는 듯이 가볍게 고개를 끄덕였다.

그 모습을 본 나는 그대로 공중으로 힘차게 날아올랐다! 저 자식의 업화를 정면에서 받아주기 위해서다!

"네놈의 하찮은 불꽃으로 내가 사라질 리 없잖냐아아아아아아아!"

나는 고함을 지르며 라이저를 향해 돌진했다!

쿠웅! ──하는 소리를 내면서 서로의 주먹이 서로의 안면에 작렬했다! 우리가 격돌하면서 발생한 충격이 파동이 되어 이 건물을 뒤흔들었다.

건물 상공에서 나와 라이저는 격돌했다! 라이저의 공격을 맞을 때마다 고열이 내 몸까지 전해졌지만, 이것은 예전에도 경험해본 적이 있다! 그러니 견뎌낼 수 있다! 내 주먹이 라이저의 얼굴, 팔, 다리를 박살 내더라도, 불사신의 특성 때문인지 그는 순식간에 재생했다! 이게 정말 골치지!

그때는 라이저가 진심으로 무서웠다. 라이저와 나 사이의 실력 차를 실감하고 도망치고 싶어졌다. 하지만 지금은 다르다!

라이저는 주먹을 날려대면서 나에게 말했다!

"무섭느냐?! 아니, 전혀 무섭지 않겠지, 효도 잇세이! 너는 부스티드 기어와 함께 지금까지 싸워온 진정한 전사다! 그 갑옷이 있든 없든, 내 업화에 타 죽을 리가 없지! 네 진정한 가치는 부스티드 기어보다도 훨씬 거대하니까 말이다!"

……………크윽! ……젠장! 너, 바보냐?! 왜 그딴 소리를 하는 거야! 예전처럼 나를 조롱해! 바보 취급하라고! 너한테 칭찬을 받으니까…… 울고 싶어지잖아아아앗!

라이저의 주먹과 발이 불꽃을 두른 채 내 몸에 날카롭게 꽂혔 다! 내 공격을 피하는 라이저의 움직임을 보고 나는 눈치챘다! 라이저는 체술을 익힌 게 분명했다!

"네가 격투술을 배울 줄은 몰랐는걸!"

"뭐, 요즘 들어 나도 단련을 하고 있거든! 그것도 단련 상대로 사이라오그 바알을 초청해서 말이다! 그래서 이런 육탄전이라 면 자신 있다!"

단련 상대가 사이라오그 씨냐! 그래서 라이저와 격돌하면서 묘한 데자뷔를 느낀 거구나! 그래, 사이라오그 씨와 주먹다짐 을 하다 보면, 자연스럽게 육탄전을 선호하게 되지!

——사나이와의 대결이라면 당연히 이래야지!

한 방, 한 방, 얼굴에, 복부에, 다리에, 팔에, 전력을 다한 주먹 질과 발차기를 꽂아야 의미가 있다! 내 주먹이 라이저의 안면에 꽂혔고, 라이저의 발이 내 복부에 꽂혔다!

……더는 참을 수 없다. 나는 외치겠어!

"——나, 깨어나는 것은 왕의 진리를 하늘 높이 드높인 적룡 제이니! 무한한 희망과 불멸의 꿈을 품고, 왕도를 나아가리! 나, 붉은 용의 제왕이 되어——."

"그대를 진홍으로 찬란하게 빛나는 태양으로 이끄노라——!"

『Cardinal Crimson Full Drive!!!!』

내가 진홍의 갑옷을 걸치자, 라이저는 기쁨으로 가득 차 미소를 지으며 흥분에서 우러난 떨림으로 온몸을 가득 채웠다.

"간다아아아아아앗!"

내 오른손이 부풀어 올랐다! 솔리드 임팩트다! 한 방에 저 녀석의 불꽃을 꿰뚫어버리겠어!

『BoostBoostBoostBoostBoostBoostBoostBoostBoostBoostBoostBoostBoostBoost!!』

증대의 음성과 함께 방대한 드래곤의 파워가 오른 주먹에 집중되었다!

『Solid Impact Booster!!!!』

라이저는 등 쪽의 불꽃을 몸 앞으로 옮겨 방어하려고 했지만——내 주먹은 그 불꽃조차도 간단히 파괴하며 그 녀석의 몸에 꽂혔다!

"크어어어어어어어억!"

라이저는 절규를 지르면서 옥상을 향해 낙하했다! 옥상 바닥에 내동댕이쳐진 라이저는 엄청난 대미지를 받았으면서도 비틀거리면서 몸을 일으켰다!

불꽃으로 몸을 재생시킨 그의 눈은 여전히 반짝이고 있었다. 아직도 전투를 포기하지 않은 것 같았다.

하지만 아무리 라이저가 불사신이라고 해도 방금 입은 대미지는 절대적이었는지 비틀거리고 있었다. 아무리 불사신의 특성을 지녔다 해도 마음까지 불사신은 아니다. 내 주먹은—— 라이저의 마음에까지 닿은 것 같았다.

"잇세, 라이저!"

리아스가 우리의 이름을 불렀지만, 그녀의 목소리가 귀에 들어오지 않는 듯한 라이저는 웃음을 터뜨리면서 나를 향해 외쳤다.

"효도 잇세이! 나는 앞으로 너에게 몇십 번, 몇백 번 질지도 모른다! 하지만! 이것만은 기억해둬라! 악마의 삶은 영원에 가깝다! 그 정도 시간이면 언젠가 네놈에게도 이길 수 있다! 아니, 1만 년도 필요 없다! 몇 년 안에 네놈을, 불사조의 업화로 불태워 잿더미로 만들어주마!"

또 등에 달린 불꽃을 증폭시킨 라이저가 하늘로 날아올랐다! 내 일격을 맞고 정신이 꽤나 피폐해졌을 텐데도 그는 물러서지 않았다!

"좋아. 나도 그런 걸 좋아한다고! 알기 쉽잖아! 라이저 씨! 너도 내 라이벌이 되어주겠다는 거지! 끝내주네!"

나는 또 라이저와 맞서 싸웠다! 라이저는 미소를 짓고 있었다!

"간다, 효도 잇세이! 오오오오오오오오오오옷!"

"질 수야 없지! 우랴아아아아아아아아아아아압!"

진홍의 아우라를 두른 내 주먹과, 업화를 두른 라이저의 주먹이 게임 필드 안에서 격돌했다——.

그 모습을 지켜보고 있던 리아스와 아시아가 이런 이야기를 나넜다는 걸, 그 자리에 있었던 아케노 씨가 나중에 가르쳐줬다.

"아시아, 남자들은 정말…… 바보네."

"후후후. 하지만 두 사람 다 정말 즐거워 보여요——."

"응. 믿기지가 않아. 라이저가 잇세를 노리게 되다니…… 정말 상상도 못했어. 하지만 조금 부럽네. ——이것만큼은 남자들만이 이해할 수 있는 거잖아."

——이런 대화를 나눴다고 한다.

─○ ● ○─

피닉스 전이 끝나고 며칠 후——.

그 싸움에서 우리는 승리했다. 나와 라이저 피닉스의 대결도 내 승리로 끝났다. 다른 멤버들은 먼저 결판을 냈지만, 라이저와의 승부에 집중하고 있던 나는 아나운스가 들리지 않았다.

결국, 리아스 그레모리 권속의 전승으로 교류 시합은 끝났다.

……지난번에는 엉망진창이 되도록 싸웠는데도 졌었지. 이번에는 압승이라고 해도 과언이 아니었다. 유일하게 승패가 갈리지 않은 것은 제노비아와 이리나의 대결이었다. 두 사람은 말다툼을 하면서 칼부림을 벌였다고 한다. 나와 라이저의 승부가 먼저 끝난 바람에 결과적으로 피닉스 팀의 『킹』이 리타이어한 것이 되어 게임도 끝나고 말았다.

"으으으, 아직 결판은 안 났어!"

"맞아! 이리나에게는 절대 안 져!"

불완전 연소 상태인 이리나와 제노비아는 그 후 틈만 나면 체스나 스포츠로 승부를 하게 되었다고 한다. ……정말 둘 다 지는 걸 싫어한다니까.

하지만—— 그 교류전은 우리의 성장을 확인한다는 의미에서 볼 때 꽤나 유익한 시합이었다. 게다가 라이저와의 일전은—— 정말 즐거웠다.

마음속 한편에 후회가 남아 있던 키바, 코네코, 아케노 씨, 개스퍼도 꽤 만족한 것 같았다. 마지막까지 리타이어당하지 않고 남아 있었다는 사실만으로도 만족감을 느낄 수 있거든. 나도 라이저를 쓰러뜨렸을 때는 정말 감동했어.

라이저는 시합이 끝난 후 리아스와 나에게 이렇게 말했다.

"빨리 프로 세계에 와라. ——너희와는 정식으로 승부를 하고 싶거든."

……그래. 빨리 그쪽 세계에 가고 싶어. 라이저만이 아니라 시트리 팀, 사이라오그 씨, 그리고 아직 만나지 못한 강적들과 거기서 만날 수 있을 테니까——.

아니, 우선은 좀 쉬어야겠어. 레이팅게임은 체력과 기력이 엄청 소모되기 때문에 시합 후에는 몸이 피폐해지거든. 이번에도 예상보다 더 지쳤으니 한동안은 좀 쉬어야겠어.

……그런 생각을 하고 있을 때, 또 리아스와 레이벨이 부실에서 체스를 두며 이야기를 나누고 있었다.

"……나라면 이 국면에서 이렇게 하겠어."

"하지만 리아스 님의 그 움직임은 상대도 예측할 수 있을 테니까…….”

　……이번에는 또 무슨 이야기를 하는 건지 궁금해진 내가 두 사람을 지켜보고 있을 때, 아자젤 선생님이 “안녕~.” 하고 인사를 하면서 부실 안으로 들어왔다. 그리고 바로 그 순간, 리아스와 레이벨이 선생님에게 부리나케 다가갔다!

　“아자젤! 소나와 시그바이라 아가레스의 승부는 알고 있지?!”

　“선생님! 만약 리아스 님이 시그바이라 님과 스크럼블 플래그로 승부를 한다면 어떻게 될 거라고 생각하세요?!”

　──윽! 나는 소리 없는 절규를 터뜨렸다! 맙소사! 두 사람이 이야기하고 있었던 건── 소나 전 회장님과 시그바이라 씨의 게임이었던 거야!? 설마 「만약 그레모리 권속이 그들과 싸웠다면──」 같은 이야기를 하고 있었던 거냐고!

　두 사람의 말을 들은 선생님은──.

　“오오, 꽤 재미있을 것 같구나. 아가레스 가문에 타진해볼까?”

　히죽거리면서 그런 소리를 했다!

　안 돼! 부탁이야! 좀 계획적으로 시합을 잡으라고오오오!

　두 귀족 여성의 장난에 휘둘리게 된 나는 당혹스러워할 수밖에 없었다──.

후기

이『DX』를 통해 하이스쿨 DxD를 처음 접한 분들에게는 처음 뵙겠습니다. DxD 본편에 이어 이 책을 접해주신 분들에게는 오래간만입니다. 이시부미 이치에이입니다.

하이스쿨 DxD의 신시리즈인『DX』를 시작하게 되었습니다. 이『DX』는 드래곤매거진에 실린 단편을 중심으로, 잡지 부록이었던 숏스토리 같은 이야기가 수록되는 시리즈이기도 합니다. 그리고 신작 단편에서는 본편에는 나오지 못한「꿈같은 일전」이나「꿈같은 일」을 다룰 생각입니다.

그럼 시계열(時系列)과 함께 각 단편을 소개할까 합니다.

『애브덕션 ERO!』시계열── 7권 후

부장님이라는 호칭이 그리움을 자아내는 에피소드입니다. 이 세계에도 UFO가 있지는 않을까 하는 생각을 하며 써본 이야기입니다. 우주인도 넣어볼까 했습니다만, 세계관적으로 볼 때 좀 과하다는 생각이 들어, 아자젤이 만든 UFO라는 걸로 정리했습니다. 하지만 신시리즈 첫 번째 이야기에서 주인공이 자신의 아이덴티티(에로)를 잃어버리는 걸로 모자라, 키바 시점에서 시작하다니…… 완벽한 모험이군요.

『궁극!! 오빠가면』 시계열—— 9권 전후

이것은 서젝스 편이라고 해도 과언이 아닌 시스콤 스토리입니다. 원래 드래곤매거진의 부록으로 「인기 작품의 중편(中篇)들을 모은 문고를 내고 싶다」는 기획에 따라 집필한 이야기입니다. 단편으로 연재된 것이 아니기 때문에 아는 사람만 아는 레어한 원고입니다.

이 당시의 잇세는 정말 성욕이 왕성했군요. ……언제부터 지금처럼 에로에 무덤덤해진 걸까요. 뭐, 뿌리는 여전히 에로에로하다고 생각하지만요. 아자젤의 UFO 빔의 효과가 여전히 남아 있는 걸까요……?

그리고 리아스 일행이 악마 영업을 해서 얻은 대가가 어떻게 처리되고 있는지 처음으로 알 수 있는 귀중한 에피소드이기도 합니다.

『스톱!! 유우토 군』 시계열—— 7권 후

본편 13권에 수록된 「악마의 감기」와 관련된 이야기이며, 예의 성별을 바꾸는 도구가 처음 등장했습니다. 이것은 드래곤매거진의 부록 포스터 뒷면에 게재됐습니다. 그러니 이것도 아는 사람만 아는 레어한 작품이라고 할 수 있겠군요.

뭐, 만약 잇세 이외의 캐릭터가 남자였다면, 이라는 망상에서 비롯된 기획이며, 다들 미남이라는 설정입니다. 이쪽 세계에서는 키바가 미소녀이며, 잇세와 연인 사이이지만, 이 이야기 자체는 패러렐월드라고 생각해 주세요.

『젖룡제 만유기』시계열──9권 후

크로우 크루아흐의 이름이 처음으로 등장한 단편입니다. 그레모리 령 안에 있는 시골 마을을 그려보고 싶어서 쓴 이야기죠. 본편이 스무 권 가까이 나왔는데 그런 곳의 묘사가 없었거든요. 하지만 이때의 발리 팀은 정말 한가하군요…….

『전생 천사에게 러브송을』시계열──12권 후

시스터 그리젤다가 처음으로 등장한 이야기입니다. 「전생 천사가 하는 일은 뭘까?」라는 발상에서 비롯된 이야기입니다. 여러분, 이리나는 천사로서 맡은 일을 열심히 하고 있다고요.

『온천에 가자!』시계열──13권 후

제 취미가 많이 반영된 이야기입니다. 아무래도 저는 연상 여성, 특히 유부녀라는 장르에 약한 것 같습니다. 언젠가 반드시 그레이피아가 메인인 단편을 쓸 생각이었습니다. 게다가 「어차피 쓸 거면 혼욕 온천을 소재로 삼자!」라고 결심한 결과, 이 단편이 탄생했습니다. 12권에서 격전을 치른 잇세 일행에게 위안 여행을 시켜주겠다고 생각하면서, 그와 동시에 유부녀와의 교류에 초점을 맞춰봤습니다.

기회가 된다면, 또 유부녀와의 교류를 메인으로 삼는 이야기를 써보고 싶습니다!

『전투 교정의 피닉스DX?』시계열── 19권 사이

신작 단편입니다. 내용이 꽤 열혈해진 에피소드죠.

시계열적으로 본다면 19권 사이로 봐야겠습니다만…… 너무 깊이 파고들지는 말아 주셨으면 감사하겠습니다. 19권 사이에 이런 일도 있었다, 정도로 받아들여 주셨으면 합니다.

현재 전력으로 라이저 팀과 싸우면 어떻게 될 것인가? ──라는 생각으로 써본 에피소드입니다. 이런 「만약」의 이야기는 독자 여러분의 상상에 맡겨야 할 부분이겠지만, 저 자신도 기회가 된다면 써보고 싶었던 부분이기에, 이번에 시작한 신시리즈 『DX』1권의 첫 신작 단편으로 넣어봤습니다. 본편 2권과 비교하면서 한 번 더 읽어보시면 재미있을 거라고 생각합니다. 라이저 팀도 라이저를 비롯해 전원이 특훈을 통해 꽤 강해졌습니다만, 그레모리 팀은 그 이상으로 성장했습니다.

하지만 이것은 라이저 전이기에 가능한 것이며, 사이라오그 전을 한 번 더 치르는 것은 무리겠죠. 그것은 이미 종지부가 찍힌 싸움이라고 생각하거든요.

대 아가레스 전, 혹은 다른 악마 권속이나 다른 세력과의 이종족 대항전을 이 『DX』에 실을 신작 단편으로 집필한다면 꽤 재미있을지도 모르겠군요.

그럼 도움을 주신 분들에게 감사 인사를 드릴까 합니다.

미야마 제로 님, 담당 H 님, 항상 신세 지고 있습니다. 단편집 시리즈도 시작하게 되었으니, 앞으로도 잘 부탁드립니다.

——자아, 이렇게 하이스쿨 DxD의 신시리즈 『DX』가 시작되었습니다. 이걸로 본편에 신지 못했던 에피소드들을 대부분 다룰 수 있을 것 같습니다. 이건 전부 팬 여러분의 많은 관심과 지지 덕분이라고 생각합니다. 정말 감사합니다.

그럼 다음 권도 잘 부탁드립니다!

역자 후기

　안녕하십니까. 곽형준 역자님의 뒤를 이어 『하이스쿨 DxD』를 담당하고 있는 이승원입니다. 이번에 새롭게 시작된 『하이스쿨 DxD』의 신 시리즈, 『DX』도 제가 맡게 되었습니다. 잘 부탁드립니다.

　이 『DX』는 단편집이며, 일본의 라이트노벨 잡지인 드래곤매거진, 그리고 여러 부록에 수록된 단편들을 모은 작품입니다. 보통 본편에서는 볼 수 없는 등장인물들의 의외의 일면, 그리고 일상을 다루는 작품이죠. 그 덕분에 생각지도 못한 캐릭터의 뜻밖의 일면을 보게 되는 경우가 있습니다. 특히 이번 권의 표지를 장식한 그레이피아 씨가 등장하는 에피소드는 정말…… 유부녀 속성은 없다고 지금까지 살아온 제 마음까지 마구 휘저어 버리더군요.^^
　『하이스쿨 DxD』는 매력적인 누님 캐릭터가 많지만, 역시 그레이피아 씨는 독보적이었습니다. 남자의 방심을 뒤흔드는 법을 아는 것 같다고나 할까요. 스포일러가 될 수 있기 때문에 더 자세하게 말씀을 드리지는 못하겠지만, 그레이피아 씨가 메인

이나 다름없는 『온천에 가자!』 에피소드는 꼭 보시길! 그리고
저와 함께 마왕 서젝스를 마구마구 부러워해주시는 겁니다!

　그럼 이만 줄이겠습니다.
　재미있는 작품을 저에게 맡겨주신 노블엔진 편집부 여러분,
저랑 술로 술을 씻는 사투를 벌인 악우(惡友)들, 그리고 이 작품
을 구매해주신 독자 여러분에게 진심으로 감사드립니다.
　다음 권 후기 코너에서 다시 뵙겠습니다!

2015년 6월 초
역자 이승원 올림

하이스쿨 DXD ─────── DX.1

2015년 06월 25일 제1판 인쇄
2015년 07월 01일 제1판 발행

지음 | 이시부미 이치에이
일러스트 | 미야마 제로
옮김 | 이승원

펴낸이 | 임광순
담당편집자 | 노석진
편집1팀 | 황건수 · 정해권 · 오상현 · 김동규 · 신채윤
편집2팀 | 유승애 · 배민영 · 권소현 · 박예슬
제작 디자인팀장 | 오태철
디자인팀 | 박진아 · 정연지 · 이신애
국제팀 | 노석진 · 엄태진
마케팅팀 | 김원진

펴낸곳 | 영상출판미디어(주)
등록번호 | 제 2002-000003호
주소 | 403-853 인천광역시 부평구 평천로 132 (청천동)

전화 | 032-505-2973(代)
FAX | 032-505-2982

ISBN 979-11-319-3249-0
ISBN 978-89-6730-068-5 (세트)

Highschool D×D DX.1 Tensei Tenshi ni Love Song wo
ⓒIchiei Ishibumi, Miyama-Zero 2015
Edited by FUJIMISHOBO
First published in Japan in 2015 by KADOKAWA CORPORATION, Tokyo.
Korean translation rights arranged with KADOKAWA CORPORATION, Tokyo.

노블엔진(NOVEL ENGINE)은 영상출판미디어(주)의 라이트노벨 및 관련서적 브랜드입니다.

●●●
NOVEL ENGINE

이시부미 이치에이
작품리스트

NOVEL
NE
ENGINE

청춘의 상상, 시동을 걸어라!

스쿨워즈

1

초판한정 특별부록
고급 일러스트 책갈피

바야흐로 IT 시대, 성광고에는 스마트폰을 이용한 특별한 놀이가 있다.

학생의 모의고사 성적 1점이 총알 한 발이 되는, 증강현실 FPS 게임 〈스쿨워즈〉.

새로 건설된 신관을 두고 갈등하던 성광고 학생들은 스쿨워즈로 승부를 내자고 합의, 남학생팀과 여학생팀으로 나뉘어 대결하는 〈신관전쟁〉이 결정되었다!

학교 전체가 남녀로 갈라져 싸우는 상황. 여학생팀의 소녀를 짝사랑하던 견양은 고뇌에 빠진다. 그런 그에게 소녀는 약속한다. "함께 싸워준다면, 네 소원을 들어줄게"

하지만 그의 성적은 단 1점, 전교 꼴찌인 견양은 열세인 여학생팀을 승리로 이끌 수 있을까?

"주사위는……
아니, 통화버튼은 눌러졌다!"

레이창 지음 | OFFCAR 일러스트
청춘의 상상, 시동을 걸어라!

「이 세계가 게임이라는 건 나만이 알고 있다」의 우스바 최신작!

천계적 이세계 전생담
1

◆

초판한정 특별부록
고급 일러스트 책갈피

사고로 죽은 고등학생 하가네 앞에 나타난 것은, 세 살짜리 게이머 여신 시로냐. 그녀는 '전생'을 관장하는 신이라고 한다. 비디오 게임기를 빼닮은 시로냐의 자작 〈전생 에디터〉로, 다음 인생을 위한 캐릭터를 만들라는 재촉을 받은 하가네는, 어떤 계기를 통해 통상치의 20만배에 해당하는 전생 보너스를 손에 넣는 데 성공! 치트에 가까운 전생을 할 수 있는 찬스라고 기대하지만, 정작 손에 들어온 건 상상을 초월한 쓰레기 능력?!

신이 준 치트(쓰레기) 능력이 작렬하는 희대의 전생담,
개막!

우스바 지음 | nyanya 일러스트 | 박용국 옮김

NOVEL ENGINE

청춘의 상상, 시동을 걸어라!

천재 여신님의 우울?
쾌속 진격 중인 화제의 학원 액션 판타지 제4탄!

공전마도사
후보생의 교관
4

초판한정 특별부록
고급 일러스트 책갈피

마침내 교류전이 제2쿼터에 돌입했다. E601 소대는 첫 승
리를 향해 의욕을 불태우지만, 항상 정확하기 그지없는
사격을 선보였던 리코 플라멜이 터무니없는 실수를 저지
르는데……. 그런 와중에 C랭크 소대에서 리코를 스카우
트?! 리코를 붙잡지 않는 카나타와 당황하는 소대원들. 그
리고 심하게 다투고 만 미소라와 리코. E601 소대는 이대
로 분열되고 마는가──?!
한편, 〈미스트건〉의 공전마도사과 학과장, 프론 플라멜은
신종 키메라의 습격을 받아 추락한 정찰정 수색을 의뢰받
는데…….

배신자와 낙제생 소녀들의 학원 배틀 판타지!
그 네 번째 도약!

 모로보시 유우 지음 | **아마미 미키히로** 일러스트 | **이승원** 옮김
청춘의 상상, 시동을 걸어라!

변방의 슈라우드

2

초판한정 특별부록
고급 일러스트 책갈피

하바키, 사사라, 나나하, 네네——영수를 봉인한 파마
의 갑옷인 수장 전투복(슈라우드)을 입고, 상금을 목표로
의문의 요수 '마가츠히'와 계속 싸우는 극동 자위 기구
의 용병들. 그런 그녀들이 있는 곳으로 찾아온 신입 대원
은……? 그리고 어느 날, 소대장인 사사라가 돌연 '은퇴
한다'는 말을 꺼내는데……?!
혼슈 최서단에 위치한 아카마가세키 시를 무대로 민간 군
사 회사 '극동 자위 기구' 소속인 소녀 병사들의 활약과
코믹한 일상생활을 그린 신감각 일상계 전장 판타지!

도산 위기에 처한 극동 방위 기관!!
빚쟁이 용병 하바키 일행의 운명은?

© GAKUTO MIKUMO 2012   Illustration : AKASIO
KADOKAWA CORPORATION ASCII MEDIA WORKS

미쿠모 가쿠토 지음 | **아카시오** 일러스트 | **정호욱** 옮김
청춘의 상상, 시동을 걸어라!

아웃룩

2

초판한정 특별부록
고급 일러스트 책갈피

'하늘에서 내려온 구세주'이자 '자칭 새엄마'인 케이틴이 있는 일상에도, 어느덧 익숙해진 한슬기.

그를 향한 주변의 눈빛도 케이틴과 함께 다니다보니 조금은 미지근해지고 있는 나날.

그러나 두 사람을 습격하는 새로운 적이 등장하고, 심지어 하늘에서 내려온 또 다른 구세주, 마치 이상한 나라의 앨리스에 나오는 '체셔 캣'이 연상되는 분위기의 소녀 〈앨리스〉가 고한다.

"너희는 지금 위험에 처해 있어."

하지만 한슬기에게는 그것보다 훨씬 더 중요한, 절대 양보할 수 없는 하나가 있었다.

"확실하게 말해두겠어. 난 김설희가 앞으로 어떤 식으로든 간에 하늘이니 기적이니 하는 것들에 연관되지 않게 할 거야. 이건 지금 나한테는 어떤 것보다 중요해."

'기적'과 운명이 거듭 목숨을 노려오는
확률과 운명의 신개념 어반 판타지, 제 2막!

 남민철 지음 | **Mo** 일러스트

청춘의 상상, 시동을 걸어라!

성자의 톱니바퀴가 돌아가고, 세계를 구원할 〈왕〉이 각성한다.

위악의 왕
- Trash, Trick and Jet-Black Traitors-

3

◆

초판한정 특별부록
고급 일러스트 책갈피

illustration : vane
© Hiroshi Nikaido 2013

예로부터 전해지는 마법과 최신 과학기술이 융합된 세계. 기계인형 사건을 해결한 레인과 릴리아를 여왕 〈퀸 루나마리〉가 왕실에 초대했다. 하지만 마법이 봉인된 왕궁 내에서 지하 저항조직이 암살 미수 사건을 일으키는데?!

자그마한 단서를 통해 밝혀지는 날개의 민족, 〈알콘테스〉의 계보와 릴리아, 모든 소원을 이뤄주는 마도구 성자의 톱니바퀴, 〈로드 기어〉의 비밀이란——?

목숨을 건 계약을 자신의 몸에 깃들게 한 레인이 기적의 마도구를 발견했을 때, 유구한 시간을 통치할 〈위악(僞惡)의 왕〉이 각성한다——.

절대적인 마기 판타지아 제3탄!

 니카이도 히로시 지음 | **vane** 일러스트 | **도영명** 옮김
청춘의 상상, 시동을 걸어라!

——마침내 움직이기 시작하는, 가장 새로운 영웅담.

Re : 제로부터
시작하는 이세계 생활
6

◆

Illustration : Shinichirou Otsuka
© Tappei Nagatsuki 2015

인터넷 공개 시,
독자를 감동의 도가니로 몰아넣은 에피소드
『제로부터』, 마침내 수록!

대죄주교 페텔기우스에게 복수를 맹세하고 다시 왕도로 '사망귀환' 한 나츠키 스바루. 마녀교를 격퇴하고 에밀리아를 구하기 위해서 협력자를 찾아 정신없이 뛰어다니지만, 후보자들은 그런 스바루에게 미숙한 자라는 낙인을 찍고 상관하려 들지 않는다. 매정히 내쳐져 혼자가 된 스바루가 모든 것을 포기한 순간, 운명의 톱니바퀴가 구르기 시작한다——!
"나는……! 나는, 내가 정말 싫다고!!"
자기 자신의 나약함을 한탄하는 외침이 울려 퍼졌을 때, 나츠키 스바루의 진짜 이세계 생활이 시작된다. 대인기 인터넷 소설, 재기와 반격의 제6막.

나가츠키 탓페이 지음 | **오츠카 신이치로** 일러스트 | **정홍식** 옮김
청춘의 상상, 시동을 걸어라!